LE
MISSIONNAIRE,
HISTOIRE INDIENNE.

3.

LE MISSIONNAIRE,

HISTOIRE INDIENNE,

PAR MISS OWENSON;

TRADUITE DE L'ANGLAIS

PAR L'ÉDITEUR

DE LA FEMME, ou IDA L'ATHÉNIENNE,

ROMAN DU MÊME AUTEUR.

TOME TROISIÈME.

IMPRIMERIE DE LEBLANC.

PARIS,

H. NICOLLE, LIBRAIRIE STÉRÉOTYPE,

RUE DE SEINE, N.° 12.

1812.

LE MISSIONNAIRE,

HISTOIRE INDIENNE.

CHAPITRE XIII.

DANS la seconde journée de leur marche, les bois qu'ils traversaient commencèrent à s'éclaircir, et ils découvrirent les pointes élevées des noirs rochers de Bembhar; la vallée enchanteresse qui s'étend au nord de ces rochers, et qu'on nomme la *Vallée des îles flottantes*, se déploya devant eux. Ces phénomènes, qu'on observe sur le behut, sont le produit des quartiers de rochers, et des arbres qui, détachés du sommet des montagnes par les ouragans, et entraînés par les torrens, viennent se jeter dans le sein des eaux tranquilles qui coulent dans la plaine. Ces débris, assemblés à la longue par le hazard, unis par les racines des plantes parasites et par le limon de la rivière, forment de petites îles, couvertes de fleurs, dont les semences y sont portées par le vent. Cette scène nouvelle, dont tous les objets récréaient la vue et charmaient l'imagination, fut pour les deux voyageurs un spectacle ravissant. De tous côtés, des sites pittoresques et les plus rians aspects s'offraient à leurs regards, à mesure qu'ils s'avançaient dans ces beaux lieux. Vers le soir, ils arrivèrent près d'un bocage formé par la réunion de quelques arbustes couverts de fleurs de pourpre et de fruits dorés, au milieu desquels s'élevait un superbe tamarin.

Luxima aperçut la première ce berceau charmant qui ne devait rien à l'art. La pureté de l'atmosphère avait ranimé ses esprits languissans. Légère comme l'air qu'elle respirait, elle bondit vers le lieu dont l'aspect l'avait séduite, tandis que le Missionnaire, plongé dans une tendre mélancolie, la suivait lentement. Quand il arriva lui-même au bosquet, il trouva Luxima assise sous son ombrage, et occupée à tresser, de ses doigts délicats, une guirlande de fleurs. Emblême de ces délicieuses contrées, dont le doux climat avait contribué aux charmes de sa personne, à l'aménité de son caractère, et à la vivacité de son imagination, la sérénité était sur son front, le sourire de la paix et de l'innocence faisait épanouir ses lèvres. Il n'en était pas ainsi du Missionnaire : le soin de veiller sans cesse sur toutes ses émotions, et de continuels scrupules de conscience, empoisonnaient les momens les plus irréprochables de sa vie; son esprit malade voyait un crime caché sous les jouissances les plus innocentes; la crainte perpétuelle d'offenser le Ciel, fixait son attention sur des sujets qui ne devenaient dangereux, que parce qu'il ne les bannissait pas à l'instant même de sa pensée; et la tentation même était moins périlleuse pour lui, que son attention à la prévenir, et ses efforts pour la combattre. Luxima s'offrait en ce moment à ses yeux, plus belle que jamais; son adresse, sa grâce, dans le léger travail qui l'occupait, lui prêtaient un nouveau charme. Elle fredonnait un petit air indien, quand Athanase s'approcha d'elle; il la considéra un moment sans lui parler; puis, détournant les yeux, il s'assit à côté d'elle, et lui dit : « Et quel est ton dessein, ma fille, en travaillant avec tant d'ardeur à tresser cette guirlande » ? — « De la suspendre au-dessus de ta tête, tandis que tu reposeras, comme un talisman pour te défendre de tout mal; ne vois-tu pas de tous côtés les fleurs du bacula *, qui sont si dangereuses pour les nerfs, et dont on ne peut prévenir la maligne influence que par l'odeur des fleurs qui composent cette guirlande ».

* L'odeur de cette fleur cause de violens maux de tête.

— « Hélas! s'écria le Missionnaire, dans ces aimables lieux, dans ces paisibles retraites, qui pourrait croire qu'aucun mal caché nous menace? Mais le mal qui existe toujours, celui dont il est le plus difficile de nous défendre, c'est en nous-mêmes, Luxima, que nous le portons ».

— « Tu le dis, répondit Luxima, cela doit donc être vrai; et pourtant il me semble que, dans nous du-moins, il ne saurait exister aucun mal : jette les yeux autour de toi, mon Père, vois ces collines qui nous environnent de tous côtés, qui nous séparent de l'univers, et excluent de leur enceinte les funestes passions qui le troublent et l'agitent; ici, séparés des autres hommes, nous n'avons de sentimens que l'un pour l'autre, et le mal ne peut exister en nous ».

— « Espérons-le toujours, ayons-en même la ferme confiance », dit le Missionnaire vivement ému ; « mais veillons et prions sans cesse, pour que cela soit ainsi ».

— « Mais ici », dit Luxima en suspendant son ouvrage, « ici, où tout respire la paix et l'innocence, contre quel ennemi aurions-nous besoin de prier » ?

— « Contre nous, contre les pensées qui nous assaillent involontairement, et qui, bien que contenues, et ne se rapportant que mutuellement à nous-mêmes, peuvent devenir funestes, et nous entraîner dans des égaremens que la miséricorde divine ne saurait pardonner ».

— « Mais si une seule pensée occupe l'existence », dit Luxima tendrement et avec feu, « et si elle est sanctifiée par la perfection de son objet » ? — « Mais à quel objet sur terre la perfection peut-elle appartenir » ? demanda le Missionnaire.

— « A toi », répondit la néophyte en rougissant.

— « C'est l'ardeur de ta reconnaissance », répliqua le Missionnaire avec véhémence, « qui m'attribue ce qui n'appartient qu'au Ciel; et ce sentiment, si louable et si pur, est cependant humain, et comme tel sujet à la corruption; il peut être porté à un excès qui nous serait fatal à tous deux : car, Luxima, si je me prévalais de cette reconnaissance exagérée; si j'abusais de cette tendresse confiante; si, dans ces lieux solitaires et pleins de charmes, où le bonheur et la sécurité peuvent se trouver réunis, où, dans l'oubli du monde et de ses opinions, abandonnant aussi le Ciel et sa cause.... ». Il se tut tout-à-coup; un tremblement le saisit; un gémissement échappa de son sein, et il demeura combattu entre une conscience timorée et une passion impérieuse.....

Luxima, touchée de son agitation,

tendre, timide, mais toujours heureuse en présence de celui qui était l'idole de ses secrètes pensées, Luxima, qui ne redoutait que les événemens qui pouvaient interrompre l'innocente félicité dont elle jouissait près de lui, s'efforça d'apaiser son trouble; elle prit ses mains, se pencha sur son visage, lut dans ses yeux, et donna un libre cours à de doux soupirs. Le bandeau sacré de la religion tomba des yeux du Missionnaire, il se précipita aux pieds de Luxima, lui prit la main, et, la pressant contre son cœur, il lui dit avec l'accent de la passion: « Dis-moi, Luxima, n'appartiens-tu pas entièrement au Ciel? Rappelle à mon âme égarée le saint vœu par lequel je t'ai consacrée à son service sur les fonts de baptême; ô ma fille! tu ne voudrais pas être cause de ma ruine? Tu ne voudrais pas armer le Ciel contre moi, Luxima »?

— « Moi », répondit tendrement Luxima, « moi causer ta ruine, quand tu m'es aussi cher que le Ciel même »!

— « O Luxima »! s'écria-t-il transporté, hors de lui, « ne me regarde pas ainsi; ne me dis pas que je te suis cher, ou.... ». En cet instant son rosaire tomba aux pieds de l'Indienne.

Cet accident si naturel, si simple, frappa la conscience du Missionnaire, comme si le ministre de la colère divine paraissait tout-à-coup devant lui, pour l'accuser et le confondre; il pâlit, il frémit; ses bras retombèrent sur sa poitrine: accablé de honte, se détestant lui-même, il s'arracha précipitamment de ce lieu, et s'enfonça dans la partie la plus obscure du bois; là, il se jeta contre terre, et cette âme si élevée, si triomphante, fut livrée aux plus cruels tourmens, par la conviction de son abaissement. Le bruit des pas d'un cheval le tira enfin de cet état d'humiliation insupportable; il leva les yeux, et vit s'approcher de lui un Indien qui conduisait un petit cheval arabe, chargé de paniers vides. Il se leva, et l'étranger, frappé de sa haute stature et de son air majestueux, malgré sa pâleur et le désordre de ses traits, lui adressa le *salem*, et l'invita, suivant l'usage hospitalier du pays, à venir se reposer dans sa chaumière, qui n'était pas éloignée;

« mais peut-être, ajouta-t-il, vous désirez rejoindre la caravane » ?

— « La rejoindre », interrompit le Missionnaire ; « a-t-elle donc passé depuis long-temps » ?

— « Elle fait halte en ce moment au-delà de Bembhar, répondit l'Indien ; je viens de vendre de la touz * à un marchand de Tatta ; si vous n'avez pas d'autre manière de continuer votre route, il vous sera bien difficile de la rejoindre à pied ».

* Une laine, ou plutôt un poil, qu'on nomme touz, se prend sur les poitrines des chèvres sauvages des montagnes de Cachemire. BERNIER.

C'est de cette laine que sont faits les schalls de Cachemire.

Un nouveau sujet de crainte occupa l'esprit du Missionnaire. Jusqu'à-présent Luxima, animée, recréée par la beauté des lieux qu'elle parcourait, par la facilité du chemin, par le doux climat de son pays, avait soutenu la fatigue d'un voyage au-dessus de ses forces, qui bientôt seraient épuisées; il était impossible qu'elle continuât plus long-temps à voyager de cette manière. Cet Eden, dont la vue la distrayait de ses pénibles efforts, allait disparaître à ses yeux; et si la caravane s'était déjà considérablement éloignée, la délicatesse de l'Indienne ne pouvait affronter les horreurs du désert qu'il fallait traverser au sud de Bembhar.

Le Missionnaire vit, dans la rencontre de cet Indien, un bienfait de la Providence; l'espérance rentra dans son âme; il offrit une partie de l'or qu'il avait apporté de Lahore, en paiement du cheval arabe. C'était beaucoup plus que sa valeur. L'Indien accepta cette offre avec joie, indiqua au Missionnaire le chemin le plus court pour se rendre à Bembhar, lui souhaita un heureux voyage, et suivit le chemin de sa chaumière. Dès qu'il fut hors de vue, Athanase conduisit le cheval sous le berceau où Luxima était demeurée: elle était plongée dans une rêverie si douce et si profonde, qu'elle ne vit point approcher celui qui, seul, en était l'objet. . . . .

« Luxima », lui dit-il d'une voix tremblante; l'Indienne tressaillit, et, couverte de rougeur, elle leva sur lui ses yeux languissans, en prononçant d'une voix faible le doux nom de *Père!*

« Ma fille, le Ciel, dont je ne mérite pas les faveurs, a étendu sur nous ses soins miséricordieux. Un étranger, que j'ai rencontré dans la forêt, m'a informé que la caravane était déjà par-delà les rochers de Bembhar; mais il m'a vendu ce cheval que tu peux monter pour continuer notre voyage ».

Luxima se leva, et, voilant son visage où la tendresse et la modestie se montraient à-la-fois, elle permit que le Missionnaire la plaçât sur le cheval qui était fort doux : ils se remirent en route, le

Missionnaire marchant à grands pas à côté d'elle.

A mesure qu'ils s'approchaient des stériles rochers de Bemblhar, la belle verdure de la vallée de Cachemire disparaissait; pensifs, ils gravirent ces rochers qui présentaient l'aspect de la plus horrible solitude; nul son n'interrompait le profond silence qui régnait autour d'eux, et la nature était dans un calme parfait.

Mais ce calme ne se communiquait point à leur âme; seuls dans ce vaste désert, ils se taisaient, comme s'ils eussent craint qu'une voix humaine n'anéantît cette passion mystérieuse qui existait entr'eux; et cependant la religion, la pénitence, la délicatesse, la méfiance de soi-même, leur imposaient la nécessité d'une réserve à laquelle ils se soumettaient avec peine, mais avec courage. La solitude avec l'objet d'une tendresse combattue, est toujours trop dangereuse! et les grandes passions qui cherchent un désert, font précisément choix du séjour où elles exercent le plus leur empire. C'est ainsi que, dénués de tout soutien, ces amis si tendres, en qui l'amour et la grâce étaient en perpétuel combat, cherchaient, dans leur retour vers la société, cette protection contre eux-mêmes, que la nature, dans la contrée la plus comblée de ses faveurs, semblait leur avoir refusée.

Enfin, ils atteignirent le sommet des

rochers de Bombhar, et, avant de descendre dans la plaine brûlante et inculte qui se présentait devant eux, l'Indienne se retourna pour contempler encore une fois le paradis qui l'avait vue naître. Le soleil se couchait, et ses rayons de pourpre couvraient encore de leur éclat les villages, les pagodes, les bois et les rivières. Un regard de Luxima se porta sur le district de Seri-Nagar, un autre vers le Ciel; et ses yeux se fixèrent sur le Missionnaire, et semblèrent lui dire: « J'ai renoncé, pour toi, au Ciel et à la terre ». Athanase imposa silence à sa bouche; mais un regard de ses yeux, sans qu'il osât proférer une parole, répondit à celui de Luxima; et, dans ce seul regard, l'Indienne retrouva sa patrie, ses parens, ses amis, ou du-moins elle oublia un moment qu'elle les avait perdus.

Aussi tristes que nos premiers parens, quand ils sortirent de l'enceinte du paradis où ils étaient nés, les voyageurs descendirent les rochers de Bembhar sur le revers de ces rochers qui fait face au sud. La rosée de Cachemire ne rafraîchissait plus l'air du soir, et les vapeurs brûlantes qui s'élevaient de la plaine, au-dessous de leurs pieds, formaient autour d'eux une atmosphère étouffante.

Arrivés dans cette plaine, ils n'y virent que quelques arbustes desséchés, croissant çà et là sur un sable aride; et quand un brin de romarin ou de lavande, ou la tulipe écarlate du désert, tentait la main du Missionnaire, pour l'offrir à sa compagne, à qui une fleur était toujours précieuse, la plante se réduisait en poussière sous ses doigts.

Luxima s'efforçait alors d'étouffer un soupir; et le Missionnaire, avec un sourire mélancolique, tâchait de la ranimer en lui montrant le chemin que devait suivre la caravane, ou le sommet couvert de neige du mont Alideck, qui s'élevait devant eux pour leur servir de guide. Après une courte pause, durant laquelle le Missionnaire monta sur une éminence pour découvrir, à la clarté de la lune, la caravane, si elle était en vue, ils continuèrent à marcher dans un morne silence. Une soif ardente les dévorait, et déjà ils avaient épuisé le jus des fruits dont le Missionnaire s'était chargé pour procurer à Luxima un peu de rafraîchissement. Enfin, l'étoile du matin annonça l'approche du jour, et bientôt le soleil s'éleva sur l'horizon dans tout son éclat. Les fugitifs se trouvèrent alors près d'un grand bâtiment isolé; c'était une chodrie, bâtie pour offrir un abri aux voyageurs, et on lisait sur la façade cette inscription : *Érigée par Luxima, prophétesse et Brachmachira de Cachemire.* A cette vue, l'Indienne pâlit; le bonheur et la gloire de sa vie passée se présentèrent à la mémoire de l'infortunée Chancalas. Son guide, appréciant alors tous les sacrifices qu'elle lui avait faits, s'occupa en silence d'essuyer, avec son voile, les larmes qui inondaient son visage. Comme il était impossible qu'ils continuassent leur marche durant la grande chaleur du jour, l'Indienne, accablée de fatigues, chercha le repos sous l'abri que sa charité avait élevé, et elle trouva dans un cocotier, planté près d'une fontaine qu'elle avait fait creuser, le rafraîchissement que sa bienfaisance avait procuré à tant d'autres. Il était évident que la caravane s'était arrêtée dans ce lieu, car il y restait encore des provisions laissées, suivant l'usage des voyageurs indiens, pour ceux qui passent après eux; et les traces des roues, celles des pas des chevaux et des chameaux, étaient empreintes de tous côtés. Après avoir pris un peu de repos, Athanase et Luxima se remirent en route, poursuivant toujours la caravane, et croyant sans cesse la reconnaître dans tous les objets qu'ils apercevaient au loin, confusément. Des scènes plus variées s'offraient maintenant à leur vue. Tantôt ils traversaient un village que la guerre avait réduit en cendres; tantôt ils passaient près des ruines d'une ancienne forteresse mogole, dont les restes leur présentaient une image de l'architecture militaire dans l'Orient. Souvent, des fossés marécageux qui entouraient ces ruines majestueuses, s'élevaient des flammes qui, voltigeant avec rapidité autour de ces vieux bastions, s'éteignaient tout-à-coup. Luxima était alors frappée de crainte et d'étonnement, et, toujours gouvernée par les superstitions de son enfance, elle voyait, dans ce phénomène, les effets d'un pouvoir surnaturel; tremblante, elle se réfugiait près de son guide, et lui disait : « C'est l'esprit de quelque guerrier mort dans les combats, en défendant ces ruines, et qui, pour quelque crime non encore racheté, est condamné à errer ainsi, jusqu'à ce que les années d'expiation soient écoulées, et qu'il puisse revenir sur terre sous une nouvelle forme ».

Le Missionnaire tâchait d'affranchir son âme de ces terreurs imaginaires, et, pour charmer son imagination et étendre la sphère de ses idées, il lui expliquait, avec beaucoup de simplicité et de clarté, les merveilles de la nature, et les lois par lesquelles l'esprit divin gouverne le monde matériel, lui faisant voir « Dieu par-tout, et tout en Dieu ».

Luxima le regardait avec admiration, en prêtant une oreille attentive à ses discours, qui lui semblaient inspirés. Cependant, lorsqu'elle rencontrait quelqu'un de ces autels qui sont élevés, même dans les lieux les moins fréquentés, à Boumidivi, la déesse de la terre, ou à Daivader-Goel, le gardien tutélaire des lieux sauvages et des forêts *, ses sens cédaient, en dépit de sa raison, à l'impression de ces images de son ancienne superstition, et elle s'inclinait involon-

---

* Voyez Kindersley, *Histoire de la Mythologie des Hindous.*

tairement devant ces objets de sa dévotion. Le Missionnaire lui reprochait alors les continuelles incertitudes de sa foi; mais elle le désarmait par de tendres regards et de douces paroles, et lui répondait tendrement : « Ah! mon Père, ce n'est pas la dévotion seule qui me fait fléchir le genou devant ces signes révérés de la foi que j'ai quittée, c'est un sentiment naturel et sympathique : car les génies auxquels ces autels sont consacrés, ont provoqué la colère de Shiva *, en abandonnant ses lois; et, bannis du Ciel, leur patrie, ils sont condamnés à errer dans les déserts, pour expier leurs er-

* « C'est dans le Shostuh que l'on trouve l'histoire de la chute des Anges ». VOLTAIRE, *Essai sur les mœurs des Nations*, t. II, p. 2.

reurs. Mais c'est ici que la ressemblance cesse, car ils n'ont pas trouvé, comme moi, une compensation à ce qu'ils avaient perdu; ils n'ont pas trouvé sur terre quelque chose qui participât du Ciel; ils n'y ont pas connu cette union intime de l'âme avec une autre âme, qui lui donne, dans cette vie passagère, une idée du bonheur qui l'attend dans l'éternité ».

C'est par ces tendres propos que le guide spirituel de Luxima était mis aux plus fortes épreuves; ses sentimens secrets en étaient accrus, et ses manières glacées; son cœur en était enflammé, et ses émotions plus contraintes. Ils nourrissaient sa passion, et tenaient sa défiance de lui-même sans cesse éveillée: mais Luxima était à-la-fois son écueil et son salut. Par son innocence, elle le préservait des effets de sa tendresse; elle causait le trouble et l'apaisait. Elle agitait et calmait alternativement Athanase, par cette espèce de sensibilité particulière à son sexe, où l'ardeur et la pureté se confondent, où l'élévation de l'âme et la tendresse du cœur se montrent tout ensemble. Plus sensible que réfléchie, elle était guidée plutôt par un instinct de délicatesse; que par une prudente réserve. Chez elle le sentiment suppléait à la raison, et elle était la plus vertueuse, parce qu'elle était la plus aimante des femmes.

Le soir survint encore, et les deux voyageurs, avant de continuer de nuit leur route dans des lieux où nul chemin n'était tracé, s'arrêtèrent près d'une fontaine, sous un magnifique tamarin, qui semblait placé dans ce désert, par la Providence, pour ranimer l'espérance du pélerin, et lui offrir un abri. Le Missionnaire, laissant Luxima se reposer en cet endroit, après avoir attaché le cheval arabe à un rocher entouré d'un peu d'herbe, alla d'abord reconnaître un terrain en pente, que le caprice de la nature avait couvert d'épaisses touffes de bambous. Quand il l'eut traversé, et fut de l'autre côté, il jeta, suivant sa coutume, un regard en arrière, pour apercevoir Luxima; mais, pour la première fois depuis qu'ils voyageaient ensemble, elle était entièrement cachée à sa vue: tremblant des dangers qui pouvaient l'assaillir en son absence, il se hâta de courir au sommet d'une éminence voisine, pour tâcher de découvrir la trace de la caravane, ou quelqu'habitation d'homme, ne fût-ce que la cabane d'un Pariah, qui pût guider ses pas incertains. Portant ses regards du côté du couchant, qui était encore éclairé, il aperçut une belle forêt, ceinte d'un grand espace couvert de hautes herbes, dans lesquelles un large passage semblait avoir été frayé depuis peu. Les objets, d'abord confus, prirent à ses yeux, en les considérant attentivement, des formes plus distinctes, et bientôt la fumée qui s'en élevait lui fit apercevoir une cabane, qui, par sa situation, ne pouvait être que la demeure de quelque malheureux Indien expulsé de sa caste. Plus loin, il vit une masse considérable en mouvement, et, l'observant avec soin, il conçut l'espérance que c'était la caravane; il osait à-peine s'y livrer, mais, enfin, il ne lui resta plus de doute. Cependant, sa joie était encore imparfaite, car elle n'était point partagée par celle à qui toutes ses craintes et toutes ses espérances se rapportaient. Il descendit de la colline, d'une course rapide, pour porter à Luxima cette bonne nouvelle. Tout-à-coup il se vit arrêté par un phénomène, qui lui parut, d'abord, être un fantôme de son imagination; un cercle de feu, s'étendant progressivement, lui fermait le passage, et répandait dans l'air une vive lumière. Revenu de son premier effroi, il trouva, dans ses connaissances sur l'histoire naturelle de ce pays, l'explication de cette merveille apparente, sans être, cependant, rassuré sur ses effets*; il reconnut que les bambous, agités par le vent du sud qui s'était élevé subitement, s'étaient enflammés par un violent frottement, et que le feu, prenant d'abord aux feuilles sèches, gagnait peu-à-peu du sommet des touffes jusques à la base. Quoique ce spectacle extraordinaire fût plutôt une conséquence qu'une violation des lois de la nature, le Missionnaire, frappé de l'obstacle qu'il opposait à son dessein, et l'imagination remplie de terreur, crut que, par un effet de la colère divine, il était à jamais sé-

* Ce spectacle singulier se présente souvent à l'œil du voyageur sur les collines du Curnate, et dans quelques parties de la haute Inde, qui sont couvertes de bambous.

paré de celle qui avait armé le Ciel contre lui. Poussé par un désespoir que, ni la raison, ni la religion ne pouvaient réprimer, il accusa le souverain Juge, qui, en le punissant, ne proportionnait pas le châtiment au crime, et étendait sa vengeance sur une créature innocente et exempte de toute erreur volontaire. Cependant, bien moins occupé de ses propres souffrances, que du sort qui menaçait Luxima, exposée ainsi, seule, dans un désert, au besoin, à l'inclémence des élémens, à la furie des bêtes sauvages, et aux outrages des hommes, peut-être encore plus impitoyables, il était dans une sorte de frénésie; et l'instinct de sa propre conservation cédant à l'amour et à la pitié, il se résolut à hazarder sa vie, pour sauver ce qui lui était bien plus cher que la vie. Il se précipita dans les flammes; déjà, le feu était moins considérable dans la partie des bambous qu'il traversa, et il parvint, enfin, de l'autre côté, au moment où il était près de suffoquer. Reprenant haleine, il s'élança vers l'endroit où il avait laissé Luxima, et la trouva profondément endormie. Son visage et son sein étaient éclairés par un rayon de la lune qui pénétrait à travers le feuillage du tamarin; mais tout le reste de son corps était caché dans l'ombre. Près d'elle un énorme serpent était levé; au-dessus des replis tortueux de son corps luisant, sa tête se dressait; et ses yeux étaient fixés sur sa victime, dont le moindre mouvement pouvait être le signal de mort. Ces deux objets si étrangement placés tout auprès l'un de l'autre, étaient les seuls visibles dans la profonde obscurité qui régnait à l'entour. A cet aspect, le Missionnaire fut frappé d'épouvante, et son sang se glaça dans ses veines. Tremblant de provoquer, par le moindre mouvement, le coup fatal qui devait lui ravir tout ce qui lui était cher au monde, il demeurait immobile et respirant à-peine. Deux fois il voulut lever le bras pour lancer sa crosse à la tête du serpent, et deux fois son bras se trouva sans force. La crainte de mal diriger le coup, et de frapper Luxima elle-même, le paralysait; mais, enfin, ne pouvant supporter plus longtemps les angoisses qu'il éprouvait, il faisait un nouvel effort, quand un son, qui semblait venir du Ciel, mit fin à ses tourmens : car il eut sur le serpent un effet magique. Abaissant sa tête et se déployant, il se glissa d'un mouvement rapide vers l'endroit d'où le son partait.

. . . .

Luxima se réveilla doucement à des accens qui lui étaient bien connus : car c'était le chant du soir, en usage parmi les chasseurs indiens ; elle souleva sa tête, et, l'appuyant sur son bras, elle regarda autour d'elle de l'air effaré d'une personne qui croit encore rêver ; ses yeux se portèrent d'abord sur le Missionnaire, qui, suspendu entre l'horreur et la joie, était immobile ; ensuite sur les bambous enflammés, ensuite sur le serpent qui s'éloignait ; alors, les élevant vers le Ciel, elle lui rendit grâces de l'avoir préservée d'une mort affreuse. La musique cessa : l'émotion avait été portée au comble dans le Missionnaire; incapable de proférer une parole, il mit un genou en terre, leva au Ciel ses mains jointes, et demeura dans cette attitude, les yeux fixés sur l'objet de sa sollicitude; enfin il soupira le nom de Luxima, qui fut à l'instant près de lui.

CHAPITRE XIV.

Le bras gauche du Missionnaire avait été atteint par la flamme; Luxima s'en aperçut la première; et l'ingénieuse nécessité, et l'amour plus ingénieux encore, l'inspirant, elle recueillit à la fontaine voisine quelques gouttes du naphte, qui flotte souvent sur la surface des bassins naturels dans l'Inde; elle en imprégna un morceau de son voile, et l'appliqua sur la partie souffrante. Dans cette occupation, tous deux se rappelèrent la scène de la grotte des Congélations, quand la force du préjugé cédant à un sentiment d'humanité, la prêtresse de Brahma pansa la blessure du Chrétien, qu'elle croyait alors ne pouvoir approcher qu'en devenant sacrilége. Leur mutuelle et secrète pensée se décela par le trouble de leurs regards; et leurs yeux qui s'étaient rencontrés, se détournèrent. La néophyte, pour distraire son guide spirituel d'un sujet qu'elle redoutait de rappeler, parla des dangers auxquels il venait de s'exposer pour elle, et s'exprima avec toute l'ardeur de sa vive reconnaissance.

Le Missionnaire, d'autant plus circonspect et réservé, qu'il se sentait plus ému, lui dit : « Ce que j'ai fait *pour toi*, je l'aurais fait pour un autre : car tel est l'esprit de la religion que je professe, elle nous porte à nous sacrifier pour sauver nos semblables, quand ils sont en danger ; pour les défendre, quand ils ont besoin de protection ».

— « Eh ! mon Père, reprit Luxima, n'attribue pas uniquement à ta foi un sentiment inhérent à toi-même ; soyons plus justes envers celui qui nous a créés, et croyons qu'il existe en nous un penchant à la bienfaisance, qui prouve l'intention première de la Divinité pour le bonheur de ses créatures. Si tu es enclin à la pitié pour les malheureux, si tu es toujours disposé à aider le faible, c'est que tu es toi-même une partie infiniment petite de la divine Essence ».

Le Missionnaire l'interrompit par un regard de mécontentement ; il reconnaissait, dans ce qu'elle disait en ce moment, la doctrine des Brahmines, et leur manière de s'exprimer relativement aux saints de leur propre secte; mais il sentait avec douleur qu'il avait perdu le droit de s'en faire l'application.

« Ta religion », poursuivit Luxima d'un air timide, « n'interdit pas du-moins les expressions de la reconnaissance. Il est dit dans le *Shastah*, que la première pensée de Brahma, lorsqu'il fut créé par le Grand-Esprit, fut un mouvement de reconnaissance. Il rendit grâces à l'auteur de son être, pour le don de la vie et d'une âme raisonnable. La doctrine chrétienne serait-elle moins douce, moins aimable que celle que j'ai quittée? Et si tu m'as sauvé la vie, si tu as éclairé mon âme, dois-je étouffer, dans mon cœur, la reconnaissance que ces bienfaits y excitent » ?

— « Luxima », s'écria le Missionnaire avec véhémence, « tous les sentimens que le cœur seul nous inspire, sont dangereux, et nous devons nous en défier; tout ce qui flatte les passions, les nourrit; tout ce qui est plaisir, met la vertu en danger; et l'amour même que nous avons pour le Ciel, nous devrions, s'il était possible, le séparer du bonheur qu'il nous procure. O Luxima! c'est une dangereuse habitude que celle d'une jouissance terrestre, quelle qu'elle soit, et jusqu'à-présent.... ». Il s'interrompit tout-à-coup, soupira et poursuivit : « Tu parles de reconnaissance, Luxima; mais où en est le motif? C'est pour le Ciel que je t'ai cherchée! c'est pour le Ciel que je t'ai sauvée! Ce n'est, ni pour l'amour de toi, ni pour l'amour de moi, que je t'ai retirée du pays de l'incrédulité, ou que je hazarderais mille fois ma vie pour sauver la tienne; c'est pour l'amour de *celui* que je sers. Mais si tu parles de reconnaissance, à qui est-elle due? *N'es-tu pas ici?* N'es-tu pas dans un affreux désert, environnée de dangers, menacée de la mort? C'est pour me suivre que tu es en ce lieu, toi née dans un paradis terrestre, toi l'idole de ta nation! Ah! j'aurais dû laisser ton âme pure, innocente de toute erreur volontaire, retourner vers son Créateur, sans être mise à l'épreuve des dangereuses passions qui agitent la vie; vertueuse dans tes illusions, exempte des vices et des infortunes de l'humanité, tu étais déjà digne d'entrer dans le Ciel qui t'attend ».

— « Le Ciel m'est témoin », dit Luxima avec feu, « que pour le bonheur que j'ai laissé, pour la gloire que j'ai perdue, je ne voudrais pas renoncer à ce désert, dont je partage avec toi la solitude et les périls. O mon père et mon ami! c'est toi qui m'as appris que le paradis d'une femme, c'est son cœur qui le crée; que ni la lumière du jour, ni la fraîcheur d'un air embaumé, ni tout ce que la nature offre de plus ravissant, n'est la sphère de son existence et de sa félicité! C'est la présence de *celui qu'elle aime*; c'est ce mystérieux sentiment du cœur qui répand dans tout son être le charme d'une nouvelle vie, et qui ressemble à cette *idée primordiale*, qui, dans la religion de mes pères, doit avoir précédé le temps et tous les mondes, et dont tout le bien qui existe est émané ».

Le Missionnaire se leva dans le plus grand trouble; il jeta un regard sur Luxima : sa rougeur, sa confusion, sa modestie, qui la porta à couvrir de son voile ses yeux baissés, tout exprimait l'entraînement involontaire d'une femme, dont les sentimens ardens l'avaient emporté un moment sur la circonspecte réserve de sa vertu sévère. Il poussa un profond soupir et détourna les yeux. Luxima s'étant aussi levée, ils se remirent en marche, gardant un profond silence. Tout-à-coup un bruit se fit entendre dans les buissons, et l'instant d'après un chien de grande taille, mais extrêmement maigre, s'élança, suivi d'un Indien, dont un beau clair de lune laissait voir tous les traits. La tristesse était empreinte sur son visage; un vêtement tissu d'écorce d'arbres et très-délabré, ne couvrait qu'en partie son corps décharné; un flageolet indien était suspendu à sa ceinture. Appuyé sur une pique de chasseur, il considéra un moment les deux voyageurs. Mais à-peine il eut fixé ses yeux hagards sur le front de Luxima, qui portait encore la marque sacrée du *tellertum**, il se prosterna en

* Le *tellertum* est en même-temps un ornement et la marque qui indique la caste et la profession religieuse.

terre, en signe de respect. Luxima jeta un cri perçant; elle cacha son visage sur le sein du Missionnaire, en disant : « Fuyons, ou nous sommes perdus ! C'est un Pariah » !

. . . .

Le *malheureux* se relevant, fit quelques pas en arrière, et, d'un accent respectueux et timide, il dit : « Je suis, en effet, de cette caste misérable, qui vit maudite du Ciel; je suis proscrit! Étranger par-tout, je n'ai point de patrie, je n'ai point de parens; mais je suis homme cependant, et mes souffrances ne me rendent pas insensible aux souffrances d'autrui. Je n'invite pas la fille du Ciel, sortie de la tête de Brahma, à se reposer sous le toit d'un Pariah; mais je la conduirai dans un lieu moins dangereux que celui-ci; je mettrai à ses pieds la chair du jeune coco qui croît près de ma cabane; et quand l'étoile du matin paraîtra au-dessus de la forêt, je guiderai ses pas dans un sentier sûr, et je lui ferai éviter le repaire de la bête féroce et le nid du serpent ».

A ces offres charitables, Luxima ne répondit que par des larmes : chassée elle-même de sa caste, un préjugé insurmontable, et l'orgueil religieux de cette caste, tyrannisaient encore son esprit; et elle frémit en voyant le Missionnaire presser affectueusement dans ses mains celles du bienfaisant Pariah. Ce Pariah avait été le sauveur de sa bien-aimée : car c'était la musique de son chalumeau rustique qui avait écarté le serpent de sa proie, et la pointe de sa pique était encore teinte du sang de ce reptile *.

Pour la première fois, l'exemple et les discours du Missionnaire furent sans effet sur l'esprit de sa néophyte. Le préjugé et les craintes superstitieuses avaient tout-à-coup repris leur empire; elle refusa de se reposer dans la cabane d'un Pariah, et de manger du fruit de l'arbre

* Si l'on en croit l'abbé Guyon, il y a dans l'Inde une espèce de serpent, que le son des instrumens de musique endort, alors même qu'ils sont le plus occupés de poursuivre leur proie. Les Indiens, chasseurs de serpens, font usage de cet artifice, pour les tuer avec plus de facilité.

qu'il avait planté : l'orgueil de la fille d'un Bralimine et le fanatisme d'une prêtresse de Brahma gouvernèrent la conduite de l'excommuniée, de la chancalas, et firent taire la raison de la néophyte chrétienne. Elle ne consentit qu'à profiter des avis du Pariah, qui leur indiqua un sentier dans le bois, par où ils pourraient joindre plus promptement la caravane, et qui leur donna des instructions pour éviter les dangers les plus redoutables de ces lieux déserts. Ils se remirent en route; le Missionnaire, conduisant avec peine le cheval à travers les arbres dans un sentier étroit, était pensif et silencieux; Luxima, qui craignait de l'avoir offensé, par une obstination qui prenait sa source dans des habitudes contractées depuis son plus bas âge, chercha à l'amuser par le récit de quelqu'une des fables mythologiques que sa profession lui avait rendues familières. Mais Athanase, occupé des dangers qu'elle-même ne craignait pas en étant auprès de lui, tourmenté par mille inquiétudes, ne prêtait plus une oreille aussi attentive à son doux langage, et n'y répondait plus par des sourires de tendresse et d'admiration; il ne songeait qu'à l'espoir de rejoindre la caravane, qui marchait lentement, et suivait un circuit beaucoup plus long que le chemin indiqué par le Pariah.

Dans les lieux non fréquentés qu'ils traversaient actuellement, on n'apercevait aucune trace humaine. Une fois seulement ils découvrirent, dans l'éloignement, une troupe indienne, dont les armes luisaient à la clarté de la lune; mais ce spectacle, qui avait flatté leurs espérances, disparut bientôt comme un fantôme de la nuit. Ils observèrent aussi un cercle de feu, devant lequel on discernait l'ombre d'un éléphant. Luxima, qui connaissait tous les usages de son pays, jugea que c'était une chasse aux éléphans, divertissement vraîment royal. Enfin, ayant retrouvé les traces de la caravane, qui étaient fortement empreintes sur le terrain, ils entrèrent dans une plaine marécageuse, située au centre de la forêt; la terre tremblait sous leurs pieds, et des feux follets s'élevaient de tous côtés devant eux; les joncs étaient si hauts, qu'ils passaient la tête élevée du Missionnaire, et résistaient aux efforts qu'il faisait pour frayer passage au cheval que montait Luxima. Tout-à-coup la lune se cache sous d'épais nuages, et le bruit sourd des élémens annonce la tempête. Épuisés par la chaleur et la fatigue, ne pouvant plus reconnaître les traces de la caravane, les malheureux voyageurs ne songèrent qu'à lutter contre le mal du moment: des sons inspirant l'horreur se mêlaient au bruit des élémens; on entendait le sifflement des serpens, et le rugissement des bêtes féroces, que l'instinct poussait à se refugier dans la profondeur de la forêt; les arbres majestueux de cette forêt, courbant leurs sommets sous le poids du vent, roulaient et mugissaient comme les vagues de l'Océan ; tout tremblait autour d'eux à la voix menaçante de la nature; les éclats du tonnerre, le fracas des rochers détachés de leur base, et des arbres arrachés et brisés, imprimaient la terreur que répandent les ouragans de ces contrées, où la destruction même a un aspect magnifique et sublime; et cette impression était profonde dans l'âme de l'Indienne défaillante. C'est alors que la religion, que l'amour, bien plus que la conviction, lui avait fait abandonner, et toutes ses idées superstitieuses qui n'étaient point effacées de son esprit, reprirent toute leur influence; elle voyait, dans chaque éclat de la foudre qui menaçait sa tête, les traits de la colère et de la vengeance du Ciel : car si l'esprit, nourri d'illusions de ce genre, s'en dégage, dans la confiance de la sécurité et dans la félicité d'une vie paisible, il y a recours, comme à une ressource, dans les dangers et les souffrances ; et Luxima, contrite dans son apostasie, ajoutait toute l'énergie du repentir à la ferveur de son ancienne foi.

Le Missionnaire, qui voyait le remords croissant, dans le sein de sa prosélyte, avec les dangers qui l'avaient éveillé, s'efforçait en vain d'encourager Luxima, et de la consoler ; elle s'échappait de ses bras, et, se prosternant, elle invoquait les divinités qu'elle considérait encore comme les gardiens tutélaires de ses jours d'innocence et de félicité.

Lui, ne sentant plus que par elle, demeurait à son côté, pour lui servir de bouclier, et la protéger. Frappé d'un saint respect, mais non intimidé, il offrait une belle image de la majesté de l'homme ; debout, la tête élevée, il opposait à la tempête un front calme ; un arbre fracassé était couché à ses pieds ; tout, autour de lui, n'était que destruction et désolation ; sans épouvante, au milieu de ces ruines, il bravait l'anéantissement qui le menaçait, mais qui ne pouvait atteindre son âme immortelle.

L'ouragan cessa tout-à-coup, et le calme profond qui lui succéda était presqu'aussi imposant que l'avait été sa violence ; les nuages se dissipèrent, le Ciel s'éclaircit, la lune reparut dans tout son éclat. Nos voyageurs se hâtèrent de poursuivre leur route, car ils étaient environnés de dangers. Luxima, toujours prompte à recevoir les impressions du moment, se ranima; mais elle était si accablée de fatigue et de tout ce qu'elle avait souffert, que le Missionnaire était obligé de la soutenir sur le cheval; et, quoiqu'elle s'efforçât de sourire, ses larmes, qui coulaient malgré elle, ébranlaient la fermeté d'Athanase. Il voyait que sa conversion était loin d'être parfaite, et que, quand elle le serait, Luxima aurait payé bien cher les saintes vérités du christianisme; il sentait qu'il ne pouvait y avoir, pour cette Indienne infortunée, de compensation que dans ce Ciel, qu'elle cherchait au prix de tout ce qui peut procurer le bonheur sur terre.

Enfin, ils s'éloignèrent de la forêt dont ils avaient parcouru toute la lisière, et elle disparut bientôt à leur vue; ils continuèrent à suivre la trace de la caravane, que la clarté de la lune leur avait permis de retrouver, et ils franchirent une colline où le passage de cette caravane était bien marqué. Ils se trouvèrent, de l'autre côté, dans une plaine immense, inculte et sauvage; et le soleil, paraissant sur l'horizon, leur découvrit toute l'horreur de cet affreux désert. La trace qui les guidait n'était pas perdue, mais aussi loin que la vue pût s'étendre, nul objet ne s'offrait qui fût propre à dissiper leur crainte et à ranimer leur courage. On ne voyait que la terre et les cieux; un horizon rougeâtre semblait être à une distance infinie. Le sol sablonneux était brûlant; pas un arbre, pas un buisson n'offrait un abri contre les ardeurs du soleil; tout effrayait l'imagination et bannissait l'espérance; nul soulagement, nulle ressource ne se présentait. Les deux voyageurs désolés, tantôt portaient leurs regards sur cette horrible perspective, tantôt fixaient l'un sur l'autre des yeux où la tendresse et le désespoir se peignaient à-la-fois. Convaincus que de retourner en arrière, ne leur offrait pas plus de chances de salut que d'aller en avant, ils continuèrent à parcourir, dans cette direction, cette affreuse solitude; endurant, tout le jour les ardeurs du soleil, et exposés aux fraîcheurs de la nuit, sans autre abri que le flanc de quelques rochers; quand il s'en présentait un, le Missionnaire étendait auprès sa robe sur la terre, et invitait Luxima à se reposer. Il ne s'éloignait d'elle que pour tâcher de découvrir une source aux environs; mais toujours ses recherches étaient vaines; il ne trouvait pas même un arbrisseau dont les feuilles eussent recueilli quelques gouttes de rosée. Enfin, l'animal, qui jusque-là leur avait été d'un si grand secours, expira, de fatigue et de besoin, à leurs pieds. Luxima fut réduite à se traîner lentement, soutenue par le compagnon de ses souffrances, par celui qui les avait causées. Leur bouche desséchée pouvait à-peine s'ouvrir pour parler. Mais le Missionnaire ne sentait que les douleurs de Luxima; il l'avait trouvée en possession de tous les biens de ce monde, jouissant de toutes les douceurs de la vie, et il la voyait expirante devant lui, et prononçant, d'une voix faible, des prières pour apaiser les Dieux que l'amour lui avait fait abandonner.

C'était dans ces momens que l'infortuné Athanase voyait s'évanouir cette espérance qui, jusqu'alors, l'avait consolé de tant de maux; c'était alors qu'il reconnaissait que cette conversion d'une payenne, dont il s'était flatté, n'était que la séduction du cœur d'une femme. Enfin, une chaleur, une soif insupportable, l'excès de la fatigue, la privation de nourriture et de sommeil, réduisirent Luxima au point de ne pouvoir aller plus loin. Le Missionnaire eut peine lui-même à la porter au pied d'un rocher qui leur offrait un abri contre les rayons du soleil. Il voulut lui parler du Ciel, où son âme était près de s'envoler; il voulut l'assurer que la sienne la suivrait bientôt, et qu'une éternelle réunion leur était destinée; mais dans un moment où l'amour empruntait une nouvelle force de leurs mutuelles souffrances et de leur désespoir, quand ils mouraient l'un pour l'autre, il n'y avait point de mots qui pussent exprimer ce qu'ils sentaient, et de longs soupirs étaient les seuls interprètes d'émotions si profondes et si douloureuses; c'était le silence de l'amour ineffable et la muette approche de la dissolution. Mais quand le Missionnaire vit les convulsions de la douleur agiter tous les traits de ce beau visage qui reposait sur son sein, un transport frénétique le saisit; il promena de tous côtés des regards égarés, implorant du secours; mais ses yeux cherchaient en vain, il ne voyait que désolation. Enfin, quelque chose de semblable à une vapeur parut en mouvement dans l'éloignement; Athanase courut au sommet d'un rocher, il fixa ses regards sur l'objet de ses espérances; il crut reconnaître un chameau; il se sentit ranimé; il enleva dans ses bras l'Indienne mourante, et avec une force et une vélocité surnaturelles, il vola sur le sable brûlant; chaque espace qu'il franchissait, réalisait à ses yeux sa ravissante vision; bientôt il distingua des figures humaines, et des voix d'hommes frappèrent son oreille : « Elle vit! elle est sauvée »! s'écria-t-il en succombant sous son précieux fardeau, et tombant au milieu d'un groupe qui formait l'arrière-garde de la caravane. Une source, découverte par hazard, avait occasionné cette halte, et la foule de gens de toute espèce, qui composait la caravane, se portait avec empressement vers un seul point, pour s'y disputer quelques gouttes d'une eau bourbeuse; mais la soudaine et extraordinaire apparition de deux étrangers qui étaient maintenant étendus devant eux, sans connaissance, émut vivement tous les assistans. Les Hindous, qui se trouvaient là en petit nombre, reculèrent d'horreur en voyant l'infortunée chancalas si étroitement unie avec un *frangui*, un impur; mais ceux en qui le fanatisme de la religion n'avait pas étouffé les sentimens naturels, les virent l'un et l'autre avec autant de pitié que d'admiration. On s'empressa de les secourir : des cordiaux, délayés dans de l'eau, humectèrent leurs lèvres desséchées, et les rappelèrent peu-à-peu à la vie. Le Missionnaire, plus accablé par ses inquiétudes pour Luxima, et par la transition subite du désespoir à la joie, que par son propre affaiblissement ou ses souffrances, fut le premier qui reprit connaissance; et l'instinct de l'amour réclama sa première pensée. Dans son transport, il oublia la foule qui l'environnait, il courut à Luxima, et répandit les larmes de la tendresse et de la joie sur ses mains qu'elle étendit vers lui. Il vit se colorer encore ses joues dont la pâleur l'avait réduit, un moment auparavant, au désespoir; il vit ses yeux, naguères éteints et couverts des ombres de la mort, reprendre leur doux éclat; il entendit, enfin, Luxima prononcer tendrement le nom de Père; et quoique leur âge et leurs regards ne confirmassent pas ce titre révéré, la plupart de ceux qui étaient témoins de cette scène, furent touchés de leur mutuelle tendresse; et tous deux excitèrent un intérêt général, par la noblesse empreinte sur toute leur personne, par les malheurs et les souffrances qu'attestait la singularité de leur situation.

CHAPITRE XV.

Luxima, revenue à la vie, était cependant encore extrêmement faible; mais dans l'état même où ses souffrances l'avaient réduite, elle était pleine d'amabilité et de charmes. Reconnue pour une Hindoue, elle excita la curiosité et éveilla le soupçon. Ceux de sa nation et de sa religion ne la voyaient qu'avec horreur, et déclaraient que c'était une chancalas une excommuniée; mais les Mahométans ne dissimulaient pas leur admiration passionnée, et jugeaient, à son teint et à sa beauté, qu'elle était Cachemirienne. Ceux qui l'observaient avec le plus d'attention, étaient deux Européens, dont le visage était caché sous un capuchon qu'ils portaient, en apparence, pour se défendre des ardeurs du soleil. Luxima fut admise à partager la litière de la femme d'un Seik, marchand de pierreries, qui allait à Tatta, pour son commerce. Le Missionnaire eut pour monture un chameau, dont le maître avait expiré la veille dans le désert. Il s'était fait connaître pour un noble portugais, pour un Missionnaire chrétien; il avait montré les brefs qui attestaient son rang, et il avait obtenu facilement tout ce qui lui était nécessaire pour continuer sa route, jusqu'à ce que son arrivée à Tatta lui permît d'acquitter la dette que la nécessité l'obligeait de contracter.

Mais quoiqu'il eût déclaré, à ceux qui se trouvaient le plus rapprochés de lui, la nature de ses rapports avec sa néophyte, il voyait bien que sa déclaration n'était reçue qu'avec doute par la plupart, et avec incrédulité par plusieurs. Il était évident qu'on le considérait comme le séducteur de l'Indienne fugitive, et, ni son innocence, ni sa dignité, ne purent le mettre à l'abri d'une mortification bien cruelle pour une âme si élevée et si fière: néanmoins, alarmé de l'admiration générale dont Luxima était l'objet, il veillait sans cesse près d'elle, dans l'inquiétude et les angoisses. La caravane était composée de cinq cents personnes de différens pays et de diverses religions: des pélerins mogols, qui, venant de l'Inde, allaient visiter à la Mecque le tombeau de leur prophète; des marchands du Thibet et de la Chine, qui portaient à la côte occidentale de l'Hindoustan, les productions de leur pays; des Seiks, les Suisses de l'Orient, qui allaient joindre les troupes de quelque rajah en révolte; des Fakirs et des Derviches, qui rendaient la religion profitable, en portant, dans leurs ceintures, des épices, de la poudre d'or et du musc. Luxima, abhorrée de ceux de sa religion; observée avec soin par quelques-uns, soupçonnée de tous, était péniblement affectée, et par la délicatesse de son sexe, et par ses préjugés; confuse, honteuse, elle se dérobait, autant qu'elle le pouvait, à l'attention générale. C'est alors que le Missionnaire, pour la première fois, connut toute l'horreur de la perte de caste qu'elle avait encourue ; et il ne s'étonna plus du pouvoir tyrannique que ce préjugé, tant qu'il ne serait pas détruit, devait conserver sur l'esprit des Indiens. Sa tendresse croissait avec sa pitié ; la jalousie que lui inspiraient tous ceux qui tentaient d'approcher de Luxima, et de lui parler, donnait encore une nouvelle force à sa passion, et il s'écartait rarement de la litière où reposait l'Indienne. Cependant il s'efforçait de modérer l'ardeur de ses sentimens, qu'il était plus nécessaire que jamais de cacher. Cette passion, dangereuse dans toute espèce de situation, n'était plus solitaire comme les déserts où elle avait pris naissance ; elle était exposée à tous les regards, et la réserve qu'il se voyait contraint de s'imposer, rendait à ce profond sentiment, cette mystérieuse délicatesse qui est son premier, et peut-être son plus grand charme.

La caravane, après être sortie du désert, passa le Setledge, et entra dans le Moultan ; elle fit halte à une de ses stations accoutumées, et les tentes de ces voyageurs furent dressées sur les rives de l'Indus. On oublia tous les dangers passés, et l'on ne songea qu'à jouir des avantages de la sécurité présente. Chacun de ceux qui composaient cette troupe bigarrée, affranchi de ses terreurs et de ses inquiétudes, reprit toute son activité pour s'occuper de ses intérêts et de ses desseins. Les marchands firent leur négoce avec ceux des villes voisines, qui accouraient de tous côtés, dans les mêmes intentions; et les sectaires des différentes religions professèrent leur doctrine, et s'efforcèrent de faire des prosélytes. Le Missionnaire chrétien seul s'en abstenait. Livré à des sentimens, à des pensées qui se combattaient, tantôt il se tenait près de la tente que Luxima occupait avec la famille du Séik, tantôt il allait s'enfoncer dans la forêt voisine, pour éviter le fracas de cette multitude dans laquelle il se trouvait fortuitement mêlé; inquiet, troublé, se méfiant de tout le monde et de lui-même, il avait perdu cette paix de l'âme, ce calme évangélique, si indispensable dans l'exercice de sa mission. Malgré son extrême réserve qui en imposait, il y avait, dans son air et ses manières, une majesté, une dignité, et en même-temps une douceur, qui augmentaient l'intérêt qu'il avait d'abord inspiré. Il n'y était pas insensible : car, avide de distinction, il jouissait de cette supériorité, avec la satisfaction d'un homme qui sent qu'il ne la doit qu'aux avantages dont la nature l'a doué, et non à des circonstances étrangères à lui-même ; mais il ne put lui échapper qu'il était l'objet de l'attention particulière des deux voyageurs européens, qui, enveloppés dans le mystère, évitaient soigneusement toute conversation avec les autres. Ils le suivaient par-tout, et, jusqu'à l'entrée de la tente de Luxima, épiaient ses démarches et ses moindres propos ; et cependant ils y apportaient tant de précaution, qu'il n'avait jamais pu voir distinctement leurs traits, ni s'entretenir avec eux. Tout ce qu'il put apprendre sur leur compte, c'est qu'ils avaient joint la caravane à Lahore, avec deux autres personnes vêtues de la même manière, qui avaient pris les devans avec le premier détachement de la caravane, et qu'ils étaient Européens et Chrétiens. Ce ne fut qu'après être entré dans la province de Sindi, que l'un d'eux, en cheminant près du Missionnaire, parut vouloir entrer en conversation avec lui. Après quelques observations générales, il lui dit : « On assure que vous êtes un Missionnaire chrétien ; comment arrive-t-il que dans cette multitude, où ceux qui professent de fausses religions, sont si zélés à prêcher leur doctrine, l'apôtre du christianisme soit le seul qui garde le silence, et qui témoigne de l'indifférence pour cette foi si pure qu'il a fait vœu de propager »?

Le Missionnaire considéra d'un air de hauteur la personne qui l'interrogeait ainsi; mais se recueillant, il s'efforça de reprendre l'humilité convenable à son caractère religieux : « La question que vous me faites, dit-il, se présente naturellement, et mon silence, que vous avez remarqué, ne provient pas du refroidissement de mon zèle pour la sainte cause à laquelle je me suis dévoué; je me renferme dans ce silence, parce que je suis convaincu que, quand j'aurais l'éloquence des anges, mes paroles n'auraient pas plus d'effet que les vains sons de l'airain : car la vérité, qui est facilement reçue par la simple ignorance, est toujours repoussée par l'erreur superstitieuse; et de tous les dogmes, le plus difficile à confondre, est celui qui est sous la sauvegarde de l'intérêt personnel ».

— « C'est sans doute au paganisme obstiné des Brahmines que vous faites allusion en ce moment » ?

— « Je parle de la plus puissante des superstitions humaines; d'une superstition qui se rapporte aux espérances du Ciel, en même-temps qu'elle gouverne les intérêts temporels; qui se confond avec tous les rapports de la vie, et établit, non-seulement une doctrine religieuse, mais aussi des lois somptuaires, et qui détermine ainsi ce qui concerne le salut de l'âme, et toutes les habitudes de l'être physique ».

— « Mais ce qui caractérise particulièrement un zèle vraîment chrétien, c'est de s'enflammer en proportion des obstacles qu'il rencontre ».

— « Le zèle du christianisme ne doit jamais s'écarter de cet esprit de douceur qui en est le principe fondamental : dans son enthousiasme même, il doit être tempéré par la charité, guidé par la raison, et réglé par la possibilité; sans cela il cesse d'être le zèle de la religion; il devient un fanatisme qui n'est propre qu'à séparer l'homme de l'homme, et à multiplier les sujets de haîne qui divisent les sociétés, et en chassent le bonheur».

— «Tant de modération dans sa doctrine, implique une liberté d'opinions, une langueur de zèle, qui convient beaucoup mieux à la philosophie payenne qu'à l'ardeur de la foi chrétienne. Si les apôtres du christianisme avaient toujours été aussi modérés, aussi tièdes; s'ils avaient eu cette tolérance philosophique, ils n'auraient pas planté la croix sur les rivages les plus reculés des mers orientales et occidentales ».

— « La croix a trop souvent été plantée par les effets d'un sentiment entièrement opposé à l'esprit de la doctrine de celui qui a souffert sur elle, et qui est venu, non pour exterminer le genre humain, mais pour le sauver. Trop souvent elle a été plantée par des gens uniquement gouvernés par une politique intéressée, et destructive des effets qu'elle voulait produire; par des gens qui élevaient au Ciel des mains teintes du sang de ceux vers qui ils avaient été envoyés pour leur prêcher une religion de paix et de charité : car le zèle de la religion même, quand il est animé par les passions humaines, devient fatal dans ses excès ; et ce fanatisme audacieux, qui donne au courage de l'homme plus de force et d'activité, rend impitoyables et atroces ceux dont il s'empare ».

— « Vous désapprouvez donc cette ardeur de conversion qui, par artifice ou par force, arrache les âmes au crime de l'idolâtrie » ?

— « L'artifice et la force peuvent en effet produire des professions de foi, mais jamais la conviction : car on ne reçoit pas la vérité par la croyance des autres, et un acte de foi doit être un acte libre du jugement de chacun, qu'aucun artifice, aucun pouvoir humain ne peut, ni violenter, ni altérer ».

— « Vous blâmez donc les efforts du zèle des Jésuites dans la cause du christianisme, et vous désespérez de leur succès » ?

— « Je ne blâme point leur zèle, mais les moyens qu'il met en usage ; je pense que la contrainte et les manœuvres artificieuses auxquelles ces Missionnaires ont recours, provoquent, de la part des Hindous, une résistance dont ils sont trop souvent punis par la perte de leurs propriétés et de leur vie; mais que bien rarement elles les portent à abjurer leur religion, à se dépouiller ainsi des priviléges qui y sont attachés, et à devenir par là les plus malheureuses créatures de ce monde. C'est en cultivant d'abord leurs facultés morales, que nous pouvons espérer de changer leur croyance religieuse; c'est en nous faisant aimer d'eux que nous les disposerons à nous écouter; c'est en leur inspirant du respect pour nos vertus, que nous leur ferons prendre confiance en notre doctrine; mais telle n'a pas toujours été la méthode adoptée par les réformateurs européens; et la religion que nous professons est rarement recommandée par son influence sur noture conduite. Nous offrons à la croyance de ces idolâtres une doctrine toute spirituelle, qui leur commande d'oublier ce monde; et, en les dépouillant de leurs possessions temporelles pour nous les approprier, nous leur prouvons *que nous ne vivons que pour ce monde* ».

— « Avec une façon de penser si douce, avec cette tolérance pour les préjugés des autres, vous avez sans doute eu, dans votre mission, le succès que n'aurait pu obtenir un zèle aussi pur, mais plus ardent » ?

Le Missionnaire changea de couleur à cette question, et il répliqua : « Le zèle des membres de la congrégation ne saurait être révoqué en doute, puisque c'est volontairement qu'ils se consacrent à la cause du christianisme : mais pour changer la religion de soixante millions d'individus, dont la doctrine se fonde sur les traditions des peuples les plus anciens, dont la foi est soutenue par l'orgueil du rang, par l'intérêt des prêtres, par sa nature abstraite, par les habitudes locales, par les préjugés les plus enracinés; pour faire abjurer une foi qui a résisté au glaive de Mahomet et aux armes de Timur, il faut un pouvoir plus qu'humain. Le temps, un nouvel ordre de choses dans l'Inde, et la volonté divine, peuvent seuls, je pense, opérer ce miracle ».

. . . .

— « Vous retournez donc au centre de votre mission, sans que vos efforts et votre éloquence aient fait des prosélytes » ?

— « Les fruits que j'ai recueillis ne répondent pas, en effet, à mes travaux et à mes espérances. Je n'ai obtenu qu'une conversion, et les vérités du christianisme ont été achetées au prix de tout ce qui peut être considéré comme un bien en ce monde ».

— « Ce prosélyte est un Brahmine, peut-être » ?

— « La fille d'un Brahmine, la principale prêtresse de la pagode de Seri-Nagar, une prophétesse, une Brachmachira, dont la conversion peut être regardée comme un miracle ».

— « Votre néophyte est donc cette jeune et belle personne que nous avons vue, privée de sentiment, *dans vos bras*, lorsque vous nous rencontrâtes dans le désert » ?

— « Elle-même », dit le Missionnaire, changeant encore de couleur, « elle a déjà reçu le sacrement de baptême, et je la conduis à Goa, où sa profession, dans un ordre religieux, pourra produire, par l'effet volontaire de l'exemple, ce que sa conversion n'aurait pu jamais opérer dans le Cachemire, où la superstition des Brahmines est portée au plus haut degré, et où son expulsion de sa caste l'aurait rendue un objet de mépris et d'aversion ». En prononçant ces dernières paroles, le Missionnaire avait les yeux fixés sur le visage de la personne à qui elles s'adressaient; mais le capuchon qui le cachait ne lui permit pas d'en distinguer les traits. Cependant il rencontra un regard si perçant, si rempli de malignité, que si le regard d'aucun homme eût pu l'intimider, ç'aurait été celui-là.

Frappé de l'expression singulière de ces yeux, et de l'idée qu'ils ne lui étaient pas inconnus, il réfléchit, durant quelques instans, pour rasseoir ses pensées; et, se croyant autorisé par la liberté que l'étranger avait prise de l'interroger, à le questionner à son tour sur son pays et sa profession, il se retourna pour lui adresser de nouveau la parole; mais les deux étrangers s'étaient éloignés, et le Missionnaire observa alors, pour la première fois, que celui qui n'avait pas pris part à la conversation, et qu'il n'avait pas encore perdu de vue, était occupé à écrire sur des tablettes, comme s'il prenait note de ce qui s'était dit dans cet entretien. Cette circonstance était trop extraordinaire pour ne pas exciter sa curiosité, et lui causer de l'étonnement. La personne qui s'était entretenue avec lui, parlait le dialecte hindou, en usage à Lahore; il supposa que ce pouvait être un émissaire du couvent des Jésuites en cette ville, qui se rendait au collége inquisitorial à Goa; cette pensée le troubla un moment: car son âme, agitée depuis long-temps par le combat des passions, avait perdu son assiette accoutumée et sa fière indépendance; il s'était habitué, en dernier lieu, à se soupçonner lui-même, et il craignit que son zèle, rallenti par la passion, n'eût aussi affaibli cette sévérité de principes, qui n'admettait point d'innovation; il ne crut pas impossible qu'il se fût exprimé avec une liberté que le fanatisme pouvait représenter comme une preuve évidente d'hérésie. Il tâcha, mais vainement, de rejoindre les deux étrangers. Ils s'étaient rendus à l'avant-garde de la caravane, tandis que lui-même, retenu par un sentiment bien plus fort que celui qu'ils avaient excité, se tenait en arrière, près de la litière de Luxima.

La caravane continuait alors moins péniblement sa marche à travers le riche district de Sindi, qui offrait à l'œil une variété de sites charmans; des brises fraîches et parfumées ranimaient les esprits abattus de la néophyte, et rendaient à ses yeux et à son teint leur vivacité. Tous ses charmes lui revenaient avec la santé. Il n'en était pas ainsi du Missionnaire. Plus il avançait vers les lieux, séjour de la société civilisée, les liens qui l'enchaînaient, l'influence de cette société sur ses opinions et sur sa conduite, suspendue par une passion funeste, née et nourrie dans les déserts, se présentaient à son esprit, avec une force qui l'accablait. Il se peignait d'avance, des plus sombres couleurs, les mortifications qui l'attendaient à Goa; le triomphe de ses ennemis, l'abattement de ses amis; les soupçons qu'inspireraient le sexe et la beauté de son unique néophyte; et, par-dessus tout, son éternelle séparation du seul objet qui lui eût fait connaître ce bonheur suprême que procure le plus profond et le plus précieux des sentimens naturels. Cette séparation lui était impérieusement commandée par la religion, par l'honneur et par le respect qu'il devait à son caractère et à sa profession. Il se proposait de faire entrer Luxima dans une maison religieuse de la règle de Saint-François, dont la pureté et l'aménité étaient conformes à la douceur du naturel de cette aimable Indienne. Mais quand il se représentait la jeunesse et les charmes qu'il allait ensevelir dans le tombeau; l'attachement qu'il allait sacrifier; la chaleur, la tendresse de ce cœur passionné qu'il allait associer à des esprits froids et austères; quand il voyait, en imagination, Luxima montant à l'autel, pour y renoncer, par des vœux qu'elle comprendrait à peine, aux brillantes illusions de sa propre foi, et pour embrasser une doctrine à laquelle son esprit n'était pas familiarisé, et que des préjugés enracinés, ainsi que ses sentimens ardens, repoussaient; lorsqu'il la voyait dépouillée de ces beaux cheveux qu'il avait si souvent admirés en silence; quand il sentait d'avance ses propres mains trembler, en plaçant sur la tête de Luxima, le voile qui devait la lui cacher pour toujours; quand, se peignant le moment de leur séparation, il recevait son dernier regard, et entendait son dernier soupir; son cœur s'enflammait, sa raison s'égarait; il cherchait avidement la présence de Luxima, comme si le moment était arrivé où il allait la perdre pour toujours. Il demeurait près d'elle, et la contemplait avec une telle expression de tendresse et de désespoir, que Luxima, touchée, inquiète, cherchait à connaître la cause de son agitation, et à le calmer. Dans un de ces momens où le Missionnaire, penché sur sa litière, prêtait l'oreille aux doux accens de sa voix, elle lui dit :

« Tu es triste, tu te livres à la mélancolie, à-présent que le danger est passé, et que nos souffrances sont presqu'oubliées. N'est-ce donc que dans les périls qui impriment la terreur aux âmes faibles, que la tienne se complaît ? Au milieu du combat des élémens, je t'ai vu calme ; dans les brûlans déserts que nous avons traversés, ta fermeté, ta constance n'ont point été ébranlées. Tu n'es jamais plus grand que lorsque, seul, sans secours, tu es abandonné à tes propres forces. O mon Père »! ajouta-t-elle avec une ardeur qu'elle ne pouvait plus contenir, « si tu sentais comme je sens, un seul regard d'amour chasserait le chagrin de ton cœur, et rendrait à ton front sa sérénité ».

— « Mais Luxima », reprit le Missionnaire attendri, comme s'il la voyait en effet pour la dernière fois, « quand tous les liens qui attachent le cœur, y tiennent si fortement, qu'ils ne peuvent en être arrachés qu'en le déchirant; si lorsque la fatale certitude d'être aimé, est devenue tellement nécessaire à l'existence, que la vie, sans elle, ne soit plus qu'une triste et froide solitude; si déjà le moment d'une éternelle séparation approche, et se montre à l'âme, avec tout ce qu'il a d'affreux, chaque regard d'amour ne doit-il pas être mêlé de tristesse, et le désespoir ne doit-il pas s'y confondre avec le bonheur » ?

Luxima pâlit, et leva sur lui ses yeux pleins de larmes, n'osant lui demander autrement que par ses regards, quand arriverait précisément ce cruel instant. Le Missionnaire lui montra Tatta, qu'on apercevait déjà dans l'éloignement, et où ils devaient s'embarquer pour Goa. Il fit les plus grands efforts pour se rendre maître de ses émotions, et ranimer son zèle religieux; il reprit le langage apostolique; il ne parla plus à Luxima, que de la résigner à Dieu seul, et il l'entretint de sa parfaite conversion, qui s'opérerait plus facilement lorsqu'il l'aurait quittée, que tandis qu'il était avec elle; il lui peignit le genre de vie qu'elle allait embrasser, son calme, sa sainteté, dans une retraite où elle serait à l'abri des dangers du monde, et exempte des passions humaines, et sur-tout la félicité éternelle dont une vie ainsi passée était le terme. Il lui parla de leur séparation, comme d'une chose inévitable; et, cachant le trouble de son âme, il ne s'occupa que de fortifier et de tranquilliser celle de Luxima. Elle l'écoutait en silence, sans lui faire une seule objection. Il fut frappé du soudain changement qui se fit en elle, dès qu'elle eut appris que leur séparation était inévitable et prochaine. Tous ses traits exprimaient la résolution du désespoir; elle semblait défier la cruelle destinée qui la menaçait. A une petite distance de Tatta, la caravane fit halte durant la grande chaleur du jour, sous l'ombre d'un bois arrosé par plusieurs ruisseaux, qui allaient se perdre dans l'Indus. . . . .

. . . .

Luxima sortit de sa litière, et, soutenue par le Missionnaire, elle chercha avec lui ces ombrages qui lui rappelaient les charmans bocages du Cachemire; et ces précieux souvenirs se mêlaient aux sentimens qui déchiraient son cœur, quand la vue de Tatta lui faisait reporter sa pensée sur sa prochaine arrivée à Goa, où l'attendait l'autel du sacrifice. Elle réfléchissait sur le passé; elle anticipait sur l'avenir, et, pour la première fois, ses vives émotions se manifestèrent avec une violence qui semblait incompatible avec la douceur de son caractère. Tous ses mouvemens étaient convulsifs. Elle se jeta contre terre, et versa un torrent de larmes. Avec l'éloquence de l'amour et du désespoir, elle nia l'existence d'un véritable attachement pour un objet qu'on résignait ainsi volontairement. Ses reproches s'adressaient autant à elle-même qu'à celui qu'elle aimait; et, en exprimant ses remords, elle était cependant encore plus tendre que pénitente; elle déplorait moins ses erreurs que la perte de celui qui les avait causées.

« Tu dis que je te suis chère, s'écriait-elle, et cependant je suis sacrifiée; je suis abandonnée par celui pour qui j'ai tout abandonné moi-même. Ah ! rends-moi mon pays, ma tranquillité, ma réputation, ou souffre que je reste près de toi, et je me réjouirai de les avoir perdus. Tu dis qu'en m'éloignant de toi, tu obéis aux lois de ta religion ; mais si c'est une vertu dans ta religion d'étouffer les sentimens les plus purs du cœur, comment puis-je croire à sa doctrine, et l'adopter, moi qui, par ma nature et par ma foi, étais tout amour ; comment apprendrai-je de toi à dompter mes sentimens, quand c'est toi-même qui, le premier, m'as appris à substituer une passion humaine à une passion céleste ? Hélas ! je n'ai fait qu'en changer l'objet, la dévotion est la même, et tu es aimé par la malheureuse Luxima, comme la prêtresse aimait uniquement le Ciel ».

— Luxima », répondit le Missionnaire, aussi tourmenté par ses propres sentimens que par ceux qu'elle venait d'exprimer, « apprenons de nos souffrances toute l'étendue de notre erreur et de notre faiblesse, que nous expions si douloureusement ; c'est par le désespoir qui est notre partage actuel, que le Ciel punit l'infortuné qui permet à un sentiment exclusif pour une créature aussi dépendante, aussi fragile que lui-même, de prendre une entière possession de son cœur. O ma fille! si nous avions écouté la voix de la religion et celle de la raison, comme nous avons écouté celle de nos passions, la plus cruelle des afflictions nous aurait été épargnée, et notre âme tout occupée d'un objet divin, impérissable, n'aurait pas éprouvé les angoisses que nous cause l'approche d'une éternelle séparation ».

— « Pour moi », dit Luxima avec fermeté, quoique d'un air égaré, « je ne souffrirai pas long-temps ces angoisses ; penses-tu que je survive à la perte de celui à qui j'ai tout sacrifié ? Non. C'est toi que j'ai suivi, et non pas ta doctrine : car, si pure et si sublime qu'elle soit, mon esprit ne la saisissait que confusément ; mais les sentimens que ta présence m'inspirait, ne rencontraient en moi rien qui les combattît ; ils étaient conformes à ma nature ; et si je ne pouvais me les définir, mon cœur en était pénétré, et le tien répondait au mien. Ces sentimens se sont confondus avec tout mon être ; et, en ce moment même, ils sont une partie impérissable de moi. Ne frémis donc pas ainsi, mais aye pitié de moi, et pardonne-moi; et ne pense pas, en me voyant si faible, que je veuille te priver de ton triomphe. Oui, tu conduiras dans le temple des Chrétiens la descendante de Brahma. Tu offriras en sacrifice sur leur autel la première apostate issue de la plus illustre caste de l'Inde, une prophétesse! qui, pour toi, a renoncé aux hommages qu'on offre à une divinité; une femme qui, pour toi, a dédaigné un trône; et je le dirai moi-même à tes Chrétiens, au milieu de leur temple, afin qu'ils sachent bien que cette seule conversion, opérée par toi, est au-dessus de celle de tous les prosélytes ensemble que tes frères ayent jamais faits; c'est *l'amour*, bien plus que *la foi*, qui me l'inspirera. Ce n'est pas pour *moi*, c'est pour *toi* que je le ferai. Mais du-moins sois près de moi à l'autel du sacrifice; soutiens-moi jusqu'au dernier moment; si sévère, si imposante que soit ta religion, elle ne me refusera pas cette faveur; cependant, si elle doit te punir de ta pitié pour moi..... ».

— « Peux-tu donc croire », dit le Missionnaire en l'interrompant d'un air égaré, « que ce soit la punition que je redoute, et que si je pouvais jouir de ton amour au prix des plus cruelles souffrances, elles pussent m'arrêter? Non, ce ne sont pas les tourmens que je crains, *c'est le crime que j'abhorre*; et, capable de braver toutes les angoisses, hors celles de ma conscience, je ne suis effrayé que de moi-même : car, à-présent même, Luxima, je pourrais t'affranchir, et m'affranchir avec toi d'une vie si froide et si triste, que la vertu et la religion peuvent seules nous donner le courage de la supporter; en ce moment encore, échappant à tous les regards, excepté à ceux du Ciel, nous pourrions nous réfugier tous deux dans quelque lieu désert de cette délicieuse contrée, et y vivre, des bienfaits de la nature, dans un coupable bonheur. Mais Luxima, l'âme de celui qui t'aime et te résiste, est de celles qui ne peuvent goûter une félicité parfaite dans les faiblesses ou dans le crime. Plains donc, mais respecte aussi celui qui, t'aimant à l'égal de la vertu, ne peut être heureux, ni avec toi, ni sans toi; qui, condamné à souffrir sans cesse, se soumet à sa destinée, mais est accablé par sa tyrannie; et qui, sans appui, sans secours, ne peut se résigner, et se révolte contre ses souffrances; qui, ne connaissant que le remords du crime, sans en recueillir le fruit, en attend le châtiment, et n'ose y chercher un adoucissement ». Épuisé, il tomba et demeura étendu sur la terre; une sueur froide couvrait son front, et des larmes brûlantes coulaient de ses yeux. Luxima, effrayée, faible et tremblante, s'approcha de lui, et, pressant tendrement ses mains, elle lui dit d'une voix douce, mais avec fermeté : « Puisque nous ne pouvons tous deux vivre que pour souffrir ou nous égarer, pour être malheureux ou coupables, pourquoi ne pas mourir »?

Le Missionnaire leva les yeux sur elle, et, malgré le désespoir empreint sur son visage, il y vit tant d'amour, qu'elle lui parut plus belle et plus aimable que jamais. Il sentait couler des larmes sur ses mains, que Luxima portait, tantôt à ses yeux, et tantôt à ses lèvres; et cette muette, mais éloquente expression d'une affection si pure, ces témoignages de tendresse, les derniers peut-être qu'il dût recevoir, le pénétraient.

En silence, immobile, il lui abandonnait ses mains; il fixait sur elle des regards d'amour et de pitié; son âme s'échappait de ses yeux pour s'épancher sur Luxima : dans le moment de leur plus extrême émotion, ils furent tout-à-coup environnés par une troupe de gens, qui, cachés derrière un rocher, s'élancèrent sur eux. Luxima fut arrachée des bras qui l'avaient entourée pour la protéger; et le Missionnaire fut saisi lui-même avec une force et une promptitude telle, que, dans le premier moment de surprise et d'horreur, il perdit sa présence d'esprit ordinaire. Mais les gémissemens de Luxima, qu'un des assaillans emportait dans ses bras, l'arrachèrent bientôt à la confusion de ses pensées. Il déploya une force surnaturelle, et se dégagea des bras des deux hommes qui le tenaient. Son air était si imposant, qu'un troisième, qui était armé devant lui, n'osa s'opposer à son mouvement, quand il s'élança pour voler à la délivrance de Luxima, qui avait perdu connaissance dans les bras de son ravisseur. Bientôt elle fut dans ceux d'Athanase. Furieux, et montrant autant de résolution que le Missionnaire, le ravisseur tira un pistolet qu'il portait sous son vêtement, et le lui présenta, en lui disant : « La résistance ne peut qu'aggraver votre crime et mettre votre vie en danger ». Athanase laissa tomber doucement Luxima, s'élança comme un lion sur son adversaire, et lui saisit le bras ; ils luttèrent un moment avec fureur ; mais, enfin, le Missionnaire arracha le pistolet à son ennemi, et jeta celui-ci avec tant de violence contre un rocher, qu'il demeura étendu sur la terre, et ne donnant aucun signe de vie. Ses trois compagnons accoururent en armes pour le venger ; mais Athanase leur fit tête ; et, soutenant d'une main Luxima, de l'autre il leur présenta le pistolet, en disant : « Qui que vous soyez, et quel que soit le motif qui vous porte à cet outrage, je n'épargnerai pas la vie de celui qui osera s'avancer d'un seul pas ».

Tous trois consternés se regardèrent ; mais l'un d'eux, dont le visage était encore caché, rabattit son capuchon, et découvrit sur sa poitrine le signe qui distingue *les officiers de l'inquisition*. C'est alors que le Missionnaire reconnut, dans le voyageur européen, le coadjuteur qu'il avait destitué, durant sa traversée de Lisbonne à Goa. Sa surprise fut extrême ; mais, sans se troubler, il soutint les regards remplis de haine et de vengeance que lançait sur lui son ennemi. « Me connais-tu », demanda l'inquisiteur d'un air moqueur, moi qui, maintenant investi d'un grand pouvoir dans un tribunal suprême, fus autrefois couvert d'opprobre par ta haute vertu ? Où sont donc aujourd'hui ces vertus éminentes *de l'homme sans tache?* Où sont ces merveilles que nous promettaient son zèle et son génie ? Où sont les fruits de son incomparable mission ? Regardez-le soutenant sur son sein la victime de ses séductions, et dirigeant d'une main sacrilége un instrument de mort contre ceux qui exercent les fonctions de ce saint-office dont il a encouru la censure par ses hérésies, par la violation de ses vœux solennels, et par son audace à diffamer un ordre sacré » ! Tandis que l'inquisiteur s'exprimait ainsi, plusieurs personnes de la caravane étaient accourues sur le lieu de cette scène extraordinaire. Luxima, revenue de son évanouissement, mais tremblante et pénétrée d'horreur, était fortement attachée sur la poitrine du Missionnaire, qui se soulevait et palpitait avec toute la violence de la colère et de l'indignation. . . . .

. . . .

Athanase contempla un moment son vindicatif ennemi, en silence, fièrement et d'un air de mépris : « Et ne me connaissez-vous pas »? s'écria-t-il, enfin, avec dédain, « vous m'avez connu autrefois dans une élévation qui *vous* tenait à mes pieds. Tel *j'étais alors*, tel *je suis à présent*, le même en tout, et à tous égards *votre* supérieur; et vous le sentez encore en dépit de vous, rampant comme vous l'êtes toujours, malgré votre élévation non méritée. Parlez donc, dites quels sont vos ordres; ne tremblez pas ainsi, et déclarez-les sans crainte : c'est le comte d'Acugna, c'est le nonce apostolique dans l'Inde, qui vous le commande ». Pâle d'une colère étouffée, l'inquisiteur tira de son sein un bref, qui lui donnait le pouvoir de traduire devant le tribunal de l'inquisition, tous ceux dont la conduite et les opinions exciteraient le soupçon des émissaires envoyés par ce tribunal, pour inspecter les établissemens chrétiens dans l'intérieur de l'Inde. Le Missionnaire jeta un coup-d'œil sur ce redoutable parchemin, et s'inclina devant la croix rouge qui y était gravée : l'inquisiteur dit alors : « Athanase, religieux de Saint-François, et membre de la congrégation de la mission, je vous arrête au nom du saint-office, et en présence de ses ministres qui sont ici présens, pour que vous ayez à répondre aux accusations que je porterai contre vous devant le tribunal de l'inquisition ». A ces mots le Missionnaire pâlit; la nature fut domptée par la religion. La passion se soumit à l'opinion, qui triompha de sentimens que la raison n'avait pu réprimer. Athanase laissa tomber l'arme qu'il tenait encore en sa main; la voix de l'Église s'était fait entendre, et ses habitudes religieuses reprirent tout leur pouvoir. Celui qui depuis long-temps, et tout-à-l'heure encore, reconnaissait l'empire des sentimens humains, se rappela qu'il avait fait vœu de les sacrifier tous au Ciel; celui qui résistait à l'oppression et vengeait les injures, se ressouvint que la religion qu'il professait lui ordonnait, *quand une joue était frappée, de présenter l'autre.*

Le feu qui sortait des yeux de l'homme indigné, s'éteignit; le sang, bouillonnant dans les veines du brave, s'apaisa dans celles du Missionnaire chrétien; mais c'était, toutefois, le pouvoir d'en-haut qui domptait un cœur que rien ne pouvait épouvanter.

Les officiers de l'inquisition s'approchèrent alors pour lier les mains du Missionnaire et l'emmener prisonnier; mais Luxima, en jetant un cri d'effroi, se précipita au-devant d'eux: ignorant de quelle nature était le danger qui menaçait l'objet de ses affections, elle n'avait sous les yeux que sa mort immédiate. Son air égaré, ses supplications, sa beauté, sa touchante tendresse, émurent fortement tous ceux qui étaient présens; déjà le Missionnaire avait inspiré beaucoup d'intérêt; les sentimens populaires sont toujours en faveur de la résistance à l'oppression : car les hommes, quelque vicieux qu'ils soient individuellement, sont généralement vertueux en masse. Les compagnons de voyage d'Athanase s'avancèrent donc pour le défendre; les passions de la multitude ne connaissent point de limites, et les partisans du Missionnaire n'attendaient que son ordre pour le venger. « Jetterons-nous ces gens-là sous les pieds des chameaux »? s'écrièrent-ils; « ou les attacherons-nous à ces rochers pour les y abandonner à leur destinée »?

Les Européens pâlirent.

Le Missionnaire leur lança un regard de mépris, et, se tournant vers les assistans, d'un air gracieux et digne : « Mes amis, leur dit-il, je suis reconnaissant du généreux intérêt que vous me témoignez; les braves gens, les gens de bien, de quelque pays, de quelque religion qu'ils soient, sont toujours unis; mais l'esprit de la religion que je professe est de sauver, et non pas de détruire; permettez donc à ces hommes de vivre; ils ne sont que les agens d'un pouvoir supérieur, dont ils me somment de reconnaître la juridiction. Je vais paraître devant le tribunal de cette Église, dont les paroles sont ma loi; devant ce tribunal dont un ministre de la religion chrétienne ne peut point appeler. Je m'y présenterai avec confiance, et préparé à recevoir la mort plutôt qu'à causer celle de personne ».

Alors, se tournant vers l'inquisiteur, et lui montrant Luxima qu'il soutenait dans ses bras : « Souvenez-vous, lui dit-il, que d'un mot j'aurais pu vous confondre avec la poussière que je foule aux pieds ; mais si vous faites cas de la vie que je vous ai conservée, protégez cette vestale consacrée. *Regardez-la*, et vous n'oserez douter de sa pureté et de son innocence ; mais sachez, de plus, que c'est une néophyte chrétienne ; qu'elle a déjà reçu le baptême ; et qu'elle est destinée à donner un grand exemple à sa nation idolâtre, en devenant l'épouse du Seigneur ».

Les officiers de l'inquisition, humiliés, confondus, ne firent point de réponse. Celui que le Missionnaire avait blessé, se traîna vers les autres; ensemble, ils entourèrent leur prisonnier, qui ne fit aucune résistance, et qui conduisit Luxima à sa litière; lui-même remonta sur son chameau, et la caravane se remit en chemin. Deux des inquisiteurs demeurèrent avec leur prisonnier; les autres prirent les devans, pour se rendre à Tatta.

CHAPITRE XVI.

Il était nuit quand les voyageurs entrèrent dans les faubourgs de l'ancienne ville de Tatta. La caravane avait successivement diminué en nombre, durant sa marche; ceux qui la composaient encore se dispersèrent de différens côtés; les inquisiteurs, au-lieu de se rendre à un caravanserail, conduisirent leur prisonnier et sa néophyte à un petit fort, occupé par une garnison espagnole; un détachement, amené par les deux inquisiteurs qui avaient pris les devans, les reçut à la porte.

Le Missionnaire ne se fit point illusion sur le sort qui lui était réservé; mais il y était préparé. Il se voyait environné de la force armée; quand même il aurait eu la pensée de faire résistance, il voyait bien que ce serait vainement; et il se résigna, avec toute la dignité d'une grande âme, avec toute la fermeté du courage religieux, à une destinée qui était désormais inévitable.

Luxima voyait toujours en lui son seul soutien : tout ce qui l'environnait, la mine féroce des soldats, leurs armes qui brillaient à la pâle lueur de la lampe suspendue au centre d'un grand corps-de-garde, les capuchons noirs et la physionomie des inquisiteurs, imprimaient la terreur à la timide Indienne. Elle promenait autour d'elle ses regards effrayés. Elle voulut se jeter dans les bras du seul protecteur, du seul ami qu'elle eût au monde; mais, en présence de leurs persécuteurs, le Missionnaire, autant pour elle-même que pour lui, réprima ses propres sentimens, et la repoussa. C'est alors que le cœur de Luxima parut recevoir le coup mortel; elle fixa ses yeux, à demi-fermés, sur celui qui semblait ainsi l'abandonner à son malheur et à ses souffrances, sans qu'elle eût même la consolation de la pitié; mais elle ne versa pas une larme, et un des inquisiteurs l'emporta mourante dans ses bras. Un cri d'horreur échappa au Missionnaire; et, par un mouvement involontaire, il fit quelques pas pour la suivre. Son air égaré décelait son trouble et les sentimens qui l'agitaient; les gardes s'opposèrent à son dessein, et lui-même sentit qu'il ne pouvait pas demander que Luxima restât près de lui. L'inquisiteur, le regardant d'un air insultant, lui dit : « Ne craignez rien pour votre concubine, on aura soin d'elle ». A ces mots, le rouge monta au visage du Missionnaire; ses yeux lancèrent des flammes, et son insolent ennemi ne put soutenir son regard. « N'oubliez pas », dit Athanase d'une voix de tonnerre, « que c'est une néophyte chrétienne, pure, sans tache, qui est à-présent sous votre protection; prenez garde de la traiter en conséquence, ou vous en répondrez à ce Dieu, à qui elle est au moment de consacrer une vie que le péché n'a point souillée; et vous en répondrez aussi à cette Eglise, dont vous êtes les ministres. Souvenez-vous de ceci en votre qualité de prêtres; et, comme *hommes*, n'oubliez pas que c'est une *femme*. Alors, se tournant vers ses gardes, il leur dit avec hauteur : « Marchons ». Comme si, même en obéissant, il eût encore commandé; et il fut à l'instant conduit à une tour située dans la partie la plus reculée du fort.

. . . .

Les membres du tribunal de l'inquisition, dans les mains de qui le Missionnaire était ainsi tombé par un singulier concours d'évènemens, revenaient de Lahore, où ils avaient été visiter les établissemens du christianisme, par l'ordre du grand-inquisiteur, qu'on avait informé secrètement des abus qui s'y étaient introduits. Le chef de ces commissaires, qui avait été élevé en dignité par sa bassesse et par le manège, reconnut, dans le séducteur supposé d'une Indienne fugitive, cet homme autrefois infaillible, dont il avait éprouvé la vertu rigide et la sévère justice. Il saisit avec empressement cette occasion de satisfaire son désir de vengeance, et de faire sa cour aux Jésuites et aux Dominicains, qui haïssaient également le religieux franciscain, à raison de son ordre, de sa popularité et de la supériorité de son génie. Il chercha, et trouva bientôt l'occasion d'ourdir une trame pour le perdre. Avec tout l'artifice d'un Jésuite, il lia conversation avec le Missionnaire, et aposta un de ses confrères pour prendre note de cet entretien. La liberté de penser qui se montra dans l'énoncé des opinions religieuses d'Athanase, et la nature de la liaison qui semblait exister entre sa néophyte et lui, servirent de base à une accusation d'hérésie et de séduction, contre un homme dont il était résolu à rendre la chute aussi humiliante que son triomphe avait été éclatant.

Le lendemain de leur arrivée à Tatta, le Missionnaire fut conduit à bord d'un bâtiment espagnol, qui était à l'ancre dans l'Indus, et destiné pour Goa. En chemin, il passa près de la litière où il supposait que Luxima était renfermée; mais il ne put s'en assurer, parce que cette litière était soigneusement couverte. Il tressaillit, et pour un moment l'héroïsme de la vertu l'abandonna. Il était convaincu que Luxima serait conduite à

Goa, sur le bâtiment qui devait l'y porter lui-même; mais comme il était aussi bien persuadé que ses supplications seraient vaines, et qu'en s'humiliant il n'obtiendrait rien, il ne demanda point à avoir une entrevue avec elle. Il se persuada que l'insatiable désir des Jésuites, d'opérer des conversions, était pour elle, un gage de sûreté, et qu'elle devrait au fanatisme de leur zèle, une compassion qu'elle ne pouvait attendre de leur humanité. Mais l'idée de ne plus revoir l'objet de son unique amour, la compagne de son long pélerinage et de toutes ses souffrances, le désespérait, et la religion même ne lui offrait point de consolation pour un si grand malheur; enfermé dans une cabane obscure et malsaine, en vain il essayait d'entendre la voix de Luxima; en vain il hazardait quelques questions sur son état et sa situation, il était environné du silence et du mystère; aucun rayon d'espérance ne perçait à travers ces ténèbres, et il n'obtenait aucune réponse à ses questions, ni aucune pitié pour ses souffrances. La perte de sa réputation, celle de l'objet de son amour; les espérances de son ambitieuse piété évanouies; la douceur des sentimens naturels les plus exquis, à jamais ravie; telles étaient les pensées qui le tourmentaient. Il avait sans cesse sa honte sous les yeux, et il n'avait plus qu'une même ruine de commun avec celle qui causait son malheur, et qui était elle-même une victime innocente dévouée par lui. Il reconnut alors que les souffrances de l'homme étaient bien moins le résultat de sa nature que de son obstination à s'écarter des voies de la Providence, et à embrasser des illusions qui sont en contradiction avec la raison et avec les affections naturelles. Il se rappela les sentimens qui animaient la prêtresse de Brahma et le Missionnaire chrétien, quand ils s'étaient vus pour la première fois; il mit en contraste cette première entrevue et leur situation actuelle, où tous deux étaient victimes de leur zèle égaré; il accusa cet oubli des lois de la Providence, ces fausses distinctions établies par la superstition entre les espèces, d'être la source des plus cruelles souffrances de l'humanité. Quant à lui, il n'avait aucune espérance: il connaissait le caractère de ses juges, les sentimens qu'ils avaient en général pour son ordre, et pour lui en particulier. Il connaissait toute l'étendue de la puissance de ce tribunal qu'ils présidaient, et il savait que rien ne pouvait sauver ceux qu'ils avaient résolu de perdre. Mais, en s'accusant lui-même de relâchement dans son zèle, de négligence dans les devoirs de sa mission, et de s'être laissé subjuguer par une passion coupable, il regardait ses ennemis comme les aveugles agens du Ciel, dont il avait provoqué la colère: car, jugeant toujours ses sentimens actuels, d'après ses anciennes opinions, il opposait la religion à la nature, et se croyait plongé dans le crime, parce qu'il ne s'était pas élevé au-dessus de l'humanité.

Le ciel était aussi serein, le soleil était

aussi radieux qu'au jour où le nonce apostolique était sorti triomphant de Goa, quand il y rentra *prisonnier* et chargé de *chaînes*. Ses ennemis avaient arrêté que sa disgrâce serait aussi éclatante que l'avait été son triomphe; que l'idole du peuple serait abattue à ses yeux, du piédestal élevé à sa gloire, et que l'envie et le fanatisme, sous le masque de la religion et de la justice, satisferaient leur soif insatiable de persécution et de vengeance. Avant de laisser débarquer cet illustre criminel, on répandit, dans Goa, le bruit de son retour; dans des circonstances si différentes de celles de son départ, et on fit circuler, avec beaucoup d'adresse, les plus malignes rumeurs sur la nature et l'étendue de sa faute. On prépara ainsi le peuple, déjà mécontent d'être déçu dans ses espérances, et trompé dans sa confiance, à recevoir le nonce apostolique avec autant de mépris qu'il lui avait prodigué d'admiration. Enfin un détachement de soldats espagnols, précédé d'officiers du saint-office, fut envoyé pour conduire le nonce dans les prisons de l'inquisition. La multitude se portait sur son passage; mais elle ne vit plus l'homme qu'elle avait précédemment salué de ses acclamations et de ses hommages; l'homme dont le front majestueux ne portait aucune empreinte des passions humaines, et dont l'œil éclatant d'un feu céleste, exprimait la pureté d'une âme angélique, et d'une vie sans tache. Ses traits étaient presqu'aussi changés que sa destinée; les souffrances, la fatigue, les combats intérieurs, les changemens de climats l'avaient maigri, abattu, flétri. Les preuves de la fragilité humaine, qu'il avait trouvées en lui-même; celles de sa turpitude, qu'il avait trouvées dans les autres, en lui inspirant la méfiance et le dégoût, avaient altéré sa physionomie; les funestes conséquences de ses infructueux efforts avaient fait évanouir son enthousiasme, et dissipé son zèle. L'amour et le chagrin, la honte et l'indignation, l'opprobre dont il était chargé; son innocence qu'il ne pouvait prouver; l'injustice dont il était accablé, et la malice d'ennemis qu'il méprisait, tout cela se confondait dans son âme, et répandait sur toute sa personne un air de hauteur chagrine, et d'orgueilleux désespoir: on voyait que, supérieur à la plainte, il avait banni l'espérance. Cependant il n'était pas entièrement absorbé dans sa ruine, et des rayons de son ancienne gloire perçaient à travers les ombres qui l'enveloppaient; c'était *un archange dans sa chute*. Il était dans les fers, mais il marchait d'un pas ferme, et sa tête s'élevait au-dessus des soldats qui l'entouraient. Tout était en silence; ceux même qui le croyaient coupable, le voyaient si grand dans sa disgrâce, qu'en le jugeant criminel, ils le supposaient supérieur à toute faiblesse; ils le respectaient et l'admiraient, en le condamnant et en le plaignant. Il était de l'illustre maison d'Acugna, et cette seule circonstance suffisait pour exciter en sa faveur, quelle que fût l'accusation portée contre lui, l'intérêt des Portugais, qui gémissaient sous l'oppression du gouvernement espagnol; mais la terreur qui environne le plus redoutable des tribunaux; la puissance de ce tribunal, soutenue de toute la force de l'autorité civile; le droit de vie et de mort qu'il a sur tous les individus, et celui de damner ou de sauver, que la superstition lui accorde, contenaient les plus audacieux, et faisaient taire le patriotisme et l'humanité. Il n'y eut aucun signe de résistance; on n'entendit pas même un murmure de mécontentement; l'accusé et ses gardes arrivèrent au milieu de ce profond silence à la prison; les portes se fermèrent sur la victime, et il ne resta plus la moindre lueur d'espérance.

Rien ne transpira de tout ce qui se passa dans ce séjour d'horreur; et la procédure fut toujours un mystère impénétrable. Le sort du Missionnaire ne pouvait donc être connu qu'au jour redoutable où l'inquisition ouvrirait ses cachots, pour livrer ses victimes au châtiment, pour les rendre à la liberté, ou les conduire à la mort *.

La ville de Goa avait, à cette époque, ce sombre aspect qui annonce l'approche de la tempête; le bruit s'était répandu

* « On n'ose parler de cette inquisition, qu'avec le plus profond respect; et si malheureusement il échappait à quelqu'un le plus léger propos la concernant, il serait à l'instant informé contre lui. Il arrive souvent que des gens sont emprisonnés durant deux ou trois ans, sans qu'ils sachent pourquoi; ils ne voyent que des officiers de l'inquisition, et toute autre communication leur est interdite ». *Histoire de l'Inquisition*, *par* Stockdale, page 213.

que le pouvoir du gouvernement espagnol en Portugal et dans les colonies portugaises, était près d'expirer, et la disposition des Indiens à un soulèvement, se manifestait par plusieurs symptômes. Les manœuvres des Dominicains et des Jésuites, pour opérer la conversion des sectateurs de Brahma; les expulsions de caste, et les malheurs qui en étaient la suite, pour des familles entières; la tyrannie des Espagnols, avaient, enfin, exaspéré ces Hindous si patiens et si doux; il ne fallait plus qu'une circonstance, qui imprimât le premier mouvement, pour les pousser à la révolte *;

* Il y a encore eu, en 1806, des insurrections dans trois endroits de l'Inde, occasionnées, à ce qu'il paraît, par le fanatisme religieux des naturels du pays,

et cette disposition s'était particulièrement montrée dans une occasion récente et singulière.

Une femme portant sur son front la marque des descendans de Brahma, et à son cou les fils brahminiques, ou le dsandem de leur Dieu tutélaire, avait été vue au moment où elle entrait dans un couvent de religieuses de l'ordre de Saint-Dominique, conduite par un officier de l'inquisition, et entourée de Dominicains et de Jésuites. Sa beauté, remarquable encore dans son état de langueur, son air noble et distingué, la dou-

---

qui se voyaient menacés d'être troublés dans l'exercice de leur religion, par les Chrétiens établis dans ces contrées.

leur peinte sur son visage, les larmes qu'elle répandit en silence, quand ses regards se portèrent sur ceux de sa nation et de sa caste qui entouraient sa litière, au moment où elle en sortait, émurent fortement tous les assistans; et ce vif intérêt fut encore augmenté, lorsqu'un Cachemirien, qui se trouvait là, dit que cette apostate supposée était Luxima, la Brachmachira et la prophétesse de Cachemire. Celui qui fit adroitement circuler cet avis, n'était autre que le Pundit de Lahore, l'instituteur du Missionnaire dans les langues et dans les usages de l'Inde. L'inquiétude de son esprit l'avait conduit à Goa, et quelques propos indiscrets sur l'inquisition, avaient pensé lui être funestes; mais ses talens l'avaient sauvé. Il était entré au service du vice-roi espagnol, en qualité de secrétaire et d'interprète; et il avait obtenu sa protection et sa faveur, par ses manières adroites et insinuantes. La haine qu'il portait à l'inquisition, son goût pour l'intrigue, et pour toutes les circonstances qui lui fournissaient l'occasion d'exercer son génie actif et entreprenant, lui faisaient mettre en usage tous les moyens d'exciter ses compatriotes à secouer le joug des Européens. L'arrivée de Luxima était un évènement favorable à ses vues, et il ne négligea pas d'en profiter. Il avait cherché vainement à attirer son attention, durant tout le chemin qu'elle parcourut pour se rendre au couvent; et elle était déjà devant la porte, quand il parvint à se faire remarquer d'elle, en laissant tomber son rosaire à ses pieds. Quelque absorbée qu'elle fût, cet incident ne lui échappa point; elle leva ses yeux gonflés de larmes, et reconnut à l'instant le Pundit, qu'elle avait vu autrefois à Lahore, durant les jours de sa gloire; mais le Cachemirien, d'un mouvement imperceptible de son doigt sur ses lèvres, lui indiqua de se taire; et, ramassant négligemment son rosaire, il poursuivit son chemin, à l'instant où les portes du sanctuaire chrétien, se fermant sur la prêtresse de Brahma, la dérobèrent aux regards de la multitude.

La veille de la fête de Saint-Jacques de Compostelle, le tranquille séjour des religieuses dominicaines devint tout-à-coup le théâtre d'une scène de consternation : la catéchumène indienne, confiée aux soins pieux de ces religieuses, disparut secrètement, peu de jours après avoir été admise dans l'ordre. Sa conduite n'avait point préparé les religieuses à cet évènement extraordinaire. Soit ignorance du langage, soit répugnance à parler, Luxima ne leur avait point fait entendre le son de sa voix; elles ne le connaissaient que par quelques chants mélancoliques que l'oreille des plus jeunes d'entr'elles recueillait, quand, au coucher du soleil, elles se promenaient dans le jardin au-dessous de la fenêtre de Luxima. Ces jeunes épouses du Seigneur, touchées des sons de cette voix mélodieuse et angélique, se complaisaient à croire que bientôt elle se mêlerait à leurs saints cantiques, dans le chœur d'une

Eglise chrétienne. En toute autre chose, Luxima s'était montrée docile, obéissante et craintive; elle s'était laissé dépouiller de son vêtement indien, pour y substituer celui d'une novice de l'ordre de Saint-Dominique; elle avait accompagné volontairement les religieuses à l'Eglise, et avait assisté à toutes leurs dévotions. Ses regards semblaient, il est vrai, égarés, et en cherche d'un objet particulier; mais elle ne faisait aucune question, ne laissait échapper aucune plainte; et le trouble secret de son esprit ne se décelait que par l'expression de sa physionomie, où une profonde douleur, une tristesse inconsolable, étaient empreintes. Son extrême douceur, sa soumission, avaient fait concevoir, à la supérieure du couvent et à toute la communauté, des espérances qui furent détruites par la subite et miraculeuse disparition de la catéchumène. On fit une recherche soigneuse dans toute l'enceinte du couvent, et dans les jardins du vice-roi, qui n'en étaient séparés que par un mur peu élevé; mais on ne put rien découvrir, et l'on reconnut seulement qu'elle s'était évadée par sa fenêtre, dont un barreau avait été arraché. On informa le provincial de l'ordre, de cet évènement, qui fut mis sur le compte de la sorcellerie payenne. Le saint-office fit publier un ordre qui menaçait de mort quiconque accorderait une retraite à la relapse, et offrait une récompense à celui qui la livrerait. Mais les semaines s'écoulèrent, sans que personne vînt réclamer la récompense, ou se mettre à l'abri du châtiment; on n'eut aucune nouvelle de la sorcière payenne *.

---

* Les Payens et les Mores, à Goa, ne sont point sujets à l'inquisition, quand ils n'ont pas encore été baptisés. Mais les cruautés que ce tribunal exerce contre les malheureux Indiens accusés de magie, et condamnés, en conséquence, aux flammes, font frémir. Voyez *Histoire de l'Inquisition*, page 243.

CHAPITRE XVII.

QUEL que soit le penchant au mal qu'on observe dans la nature humaine, il est impossible de se faire une idée d'une méchanceté abstraite, gratuite, et qui ne prenne pas sa source dans une passion qui veut se satisfaire, dans l'ardeur d'obtenir un objet désiré, ou de surmonter un obstacle.

Le Pundit de Lahore avait vu conduire dans les prisons de l'inquisition, le Missionnaire chrétien, chargé de chaînes; il avait aussi vu la prêtresse de Cachemire, livrée à la tyrannie d'un fanatisme non moins redoutable dans l'exercice de son pouvoir, que celui auquel elle avait échappé dans le lieu de sa naissance. Il se considérait comme la cause éloignée de leurs souffrances; également incrédule à leur doctrine respective, en tout ce qui choquait ses sentimens naturels, il avait joui d'une sorte de triomphe, en mettant leur infaillibilité à l'épreuve; mais cette satisfaction se changea en chagrin, quand il vit les funestes conséquences du succès de son dessein. Sans principes bien établis, et corrompu jusqu'à un certain point, il s'écartait de la droiture, quand ses vues intéressées l'exigeaient, ou lorsqu'il s'agissait de prouver la justesse de ses opinions : car l'esprit humain, soit qu'il se soumette avec crédulité à l'imposture, ou qu'il y oppose un hardi scepticisme, ne se défait jamais entièrement de l'intolérance de l'amour-propre. En toute autre circonstance, le Pundit était naturellement humain et bienfaisant; et dès qu'il vit le sort qui menaçait le Missionnaire et sa prosélyte, il mit tout en usage pour les en préserver. Il avait, à toute heure, un libre accès chez le vice-roi et dans ses jardins; il en profita pour rôder près du mur qui séparait ce jardin du couvent. Il avait distingué la voix de Luxima, et reconnu l'air d'une hymne indienne, que les prêtresses de Brahma chantent à de certains jours de fête. Dans une nuit obscure il se hazarda à escalader le mur, et au moyen d'une échelle de corde, il parvint à faire évader la néophyte. Il la conduisit dans sa propre maison, située dans un quartier peu fréquenté de la ville, et la confia aux soins d'une Juive qui demeurait avec lui, et qui, professant en apparence le christianisme, par politique et par crainte, haïssait également les Chrétiens et les Payens. Mais l'amour était le garant de sa fidélité à son protecteur, pour qui son dévouement n'avait point de bornes. La pitié pour la personne confiée à ses soins, se joignit à ce sentiment : car cette Indienne infortunée était également condamnée, et par la religion de vérité, et par l'erreur superstitieuse; chassée avec ignominie des autels de Brahma, elle avait encouru, comme relapse, la peine de mort, suivant les lois de l'inquisition*. Ces dernières circonstances, le Pundit les apprit de l'ordre publié par le saint-office; mais il fut informé, par Luxima elle-même, de son expulsion de sa caste, avec toutes les cérémonies de l'excommunication, suivant la coutume des Brahmines. Il était donc impossible de la rétablir dans sa caste, et très-difficile de la mettre à l'abri du pouvoir de l'inquisition; et le Pundit vit avec douleur que ce qu'il avait fait pour la sauver, la conduirait probablement à la mort. Mais sa propre vie

* L'inquisition qui punit de mort les relaps, ne prononce jamais la peine capitale contre ceux qui n'ont pas été baptisés. *Histoire de l'Inquisition*, page 244.

était maintenant aussi exposée que celle de Luxima, si on parvenait à découvrir la retraite de cette Indienne. Sa première pensée fut de la faire sortir promptement de Goa; mais elle n'avait pu résister au désordre de son esprit, et elle avait été saisie d'une espèce de fièvre délirante, particulière au pays qu'elle habitait, et très-dangereuse. Le mauvais succès de ses tentatives jusqu'à ce moment, et l'impossibilité de pénétrer dans l'intérieur de la *santa-casa*, ne laissèrent aucun espoir au Pundit, de délivrer le Missionnaire; et le mystère qui enveloppait la destinée d'un homme à qui tout Goa s'intéressait, était impénétrable. Mais l'époque de l'*auto-da-fé* approchait, et ce n'était qu'alors que le résultat de la redoutable procédure qui se poursuivait en secret, pourrait être connu.

. . . .

Déjà le jour était passé, où les officiers de l'inquisition, précédés de leurs bannières, et se rendant du palais du saint-office au *campo-santo*, lieu de l'exécution, avaient proclamé, à son de trompe, le jour et l'heure fixée pour la célébration de cet acte solennel.

. . . .

Enfin, les sons lugubres de la grosse cloche de la cathédrale annoncèrent l'aurore de ce jour, qui devait être fatal à tant de malheureux; et une multitude de personnes de tout âge et de tout sexe, Chrétiens, Payens, Juifs, Musulmans, remplirent les rues, et se placèrent aux fenêtres, et jusque sur les toits des maisons, pour voir passer la procession qui devait parcourir les principales rues de la ville. La redoutable cérémonie commença. En tête de la procession, on voyait les Dominicains, portant devant eux une croix blanche. L'étendard rouge de l'inquisition, sur lequel était peint son fondateur, armé d'une épée, était précédé d'une troupe de familiers du saint-office, revêtus de robes noires. Les derniers, parmi ceux-ci, portaient une croix verte, couverte d'un crêpe; six pénitens du *San-Benito*, qui avaient échappé à la mort, et n'étaient condamnés qu'aux galères, marchaient ensuite, conduits séparément par un familier de l'inquisition; ils étaient suivis des pénitens du *Fuego-revolto*, vêtus de scapulaires gris, sur lesquels étaient peintes des flammes renversées. On voyait après eux des gens qui portaient les effigies des accusés morts en prison, et dont les ossemens, renfermés dans des cercueils, suivaient ces effigies; les victimes condamnées à la mort, paraissaient, enfin, dans ce cortége imposant; elles étaient précédées de l'alcade de l'inquisition, accompagnées, de chaque côté, de deux officiers du saint-office, et suivies d'un prêtre; un corps de hallebardiers, ou gardes de l'inquisition, fermait la marche. C'est dans cet ordre que la procession se rendit à l'église de Saint-Dominique, destinée à la célébration de l'*auto-da-fé*. De chaque côté du maître-autel, qui était tendu de noir, on voyait un trône. Celui de la droite devait être occupé par le grand-inquisiteur, et celui de la gauche par le vice-roi, entouré de sa cour. Chacun ayant pris la place qui lui était destinée, deux Dominicains montèrent en chaire, et lurent alternativement, à haute voix, la sentence des coupables, la nature de leur crime, et la peine à laquelle ils étaient condamnés. Durant cette cérémonie, chacun de ces malheureux, quand son tour était venu, se rendait au pied de l'autel, conduit par l'alcade, et s'y agenouillait pour entendre sa sentence. Le *nonce apostolique* passa après tous les autres. Les tourmens de la question n'avaient pu lui arracher l'aveu de crimes dont il n'était point coupable;

mais le pouvoir de ses ennemis avait prévalu, et son innocence avait été vaine contre le témoignage d'accusateurs intéressés. Appelé à l'autel, il s'avança pour y recevoir sa sentence, avec toute la dignité d'un martyr dévoué. Sa démarche était assurée, et son air calme; il savait que son jugement était irrévocable, et il était préparé à son exécution.

L'homme était en ce moment un atôme à ses yeux, et la terre un point. Toutes les forces de son âme, recueillies, concentrées, se dirigeaient vers un *seul* objet, mais cet objet était l'*éternité*; le combat entre l'être mortel et l'être immortel était fini. La passion ne montrait plus à son imagination des désirs frustrés; l'amour ne lui offrait plus les séduisantes images de ses jouissances précaires; l'ambition du zèle religieux, les douceurs des tendres émotions, n'avaient plus d'influence sur une âme qui, dans un instant, allait paraître devant le tribunal de son Dieu.

Plus imposant qu'intimidé, debout devant le tribunal de ses juges en ce monde, il entendit, sans en paraître ému, prononcer son accusation; mais, quant au crime d'hérésie, à la violation de ses vœux monastiques, on ajouta la *séduction d'une néophyte*, alors la *nature* réclama ses droits, et reprit pour un moment son pouvoir; l'âme d'Athanase redescendit sur terre; son cœur obéit à l'impulsion des sentimens humains, et s'ouvrit au souvenir de ses liens terrestres. Luxima, même au pied de l'autel, lui apparut avec tous ses charmes, et dans toute son affliction, innocente et persécutée; délaissée et réduite au désespoir; sa fermeté l'abandonna, son corps fut agité de convulsions; et les cruelles angoisses de la sollicitude pour l'infortunée qui avait causé sa mort, disputèrent au Ciel ses dernières pensées; sa tête se pencha sur le *Missel* où reposait sa main, suivant l'usage dans cette cérémonie. Mais lorsque, après l'énumération de ses crimes, il entendit la sentence qui le condamnait à une mort terrible et immédiate, la force inspirée du martyr soutint la faiblesse de l'homme, réprima les derniers mouvemens passionnés de son cœur, et lui rendit le calme d'une sainte résignation et d'une espérance religieuse.

Lorsque le sort de ceux dévoués aux flammes eut été proclamé, les officiers du tribunal séculier s'avancèrent pour saisir les victimes d'un inexorable fanatisme; et la procession, augmentée du vice-roi, du grand-inquisiteur, et de leurs cours respectives, se rendit au lieu de l'exécution : c'était une place carrée, dont le côté faisant face à la mer, était ouvert; les maisons des Espagnols les plus considérables la bornaient sur les trois autres faces. Le grand-inquisiteur et le vice-roi se placèrent, avec leur suite, sur un amphithéâtre dressé à cet effet. Au centre de la place, on voyait trois bûchers, séparés par une petite distance. Un de ces bûchers s'allumait déjà lentement. L'air était calme, et avait toute la fraîcheur balsamique d'une soirée de ce climat oriental. Le soleil, près de se cacher sous l'horizon, adoucissait l'éclat de ses rayons, et sa lumière pourprée se répandait sur les vastes forêts qui environnent la magnifique baie de Goa. La surface de la mer était unie comme une glace, et tout, dans la nature, manifestait les intentions bienfaisantes de la Divinité, alors que le spectacle que l'homme étalait, montrait son oubli des décrets de son Créateur. Dans une soirée semblable, la prêtresse indienne avait assisté à la redoutable cérémonie de son excommunication; le Ciel souriait aujourd'hui comme alors; et, comme alors aussi, l'homme, ministre de l'erreur, injuste et cruel, substituait la vengeance à la miséricorde, et les horreurs de la superstition et du fanatisme, à la paix et à la charité de la vraie religion.

Les juges séculiers étaient déjà placés sur l'amphithéâtre; le grand-inquisiteur et le vice-roi y étaient assis sous leurs dais; tout ce qui composait la procession, avait pris son rang dans l'ordre accoutumé, et suivant ses fonctions. Les trois malheureux, condamnés à mort, furent conduits au centre de la place; chacun d'eux était accompagné d'un familier de l'inquisition et d'un confesseur. C'étaient, outre le nonce apostolique, deux Indiens relaps. Le bûcher destiné au nonce, était distingué par un drapeau, sur lequel, suivant l'usage en pareil cas, on voyait une inscription portant : Qu'il était brûlé comme *hérétique convaincu, qui a refusé de confesser son crime.*

Les timides Indiens, qui, dans le zèle et l'enthousiasme de leur propre religion, auraient peut-être affronté la mort volontairement et avec joie, ne la voyaient qu'avec horreur; ils s'abandonnaient aux larmes et au désespoir, et tâchaient de différer un supplice inévitable, par de vaines supplications adressées aux prêtres qui les accompagnaient. Le Missionnaire chrétien, qui devait être le premier livré aux flammes, marchait seul vers le bûcher, d'un pas ferme, et rayonnant de l'éclat du martyre. Il lut sans s'émouvoir, l'inscription gravée sur cet étendard de mort, qui, dans un moment, allait flotter sur ses cendres. Alors, se retirant à l'écart, il s'agenouilla aux pieds de son confesseur; le dernier appel de la terre au Ciel était fait, il se leva d'un air serein; les exécuteurs s'approchèrent pour le conduire au bûcher; le silence de la mort régnait dans cette grande place, où des milliers d'individus étaient réunis; le bruit léger et mélancolique du vent qui soufflait par intervalle, était le seul son qui se fît entendre. L'émotion dans tous les cœurs était à son comble; l'horreur, la pitié, l'admiration, se peignaient sur tous les visages. La plus active vigilance d'un zèle inhumain aurait vainement voulu réprimer ces signes muets des sentimens dont cette multitude était agitée.

Dans ce moment solennel, et tandis que les ministres de la mort s'apprêtaient à attacher leur victime au poteau, une créature qui semblait plus qu'humaine, traverse la foule avec la rapidité de l'éclair, et paraît au pied du bûcher dans une attitude sublime. La flamme rougeâtre du feu qui s'allumait lentement, brillait à travers sa draperie transparente, et ses cheveux flottant autour d'elle; elle semblait être un ange descendu du Ciel, pour soutenir, au moment de la dissolution, et conduire vers les régions de la félicité, l'âme qui allait sortir pure de l'épreuve des souffrances de ce monde.

La soudaine apparition de ce fantôme extraordinaire frappa l'imagination d'une multitude crédule et superstitieuse. Les bourreaux eux-mêmes demeurèrent en suspens. Les Chrétiens avaient les yeux fixés sur la croix qui reposait sur un sein d'albâtre, et ils se croyaient témoins d'un miracle opéré pour sauver un martyr persécuté, dont l'innocence était avérée par sa fermeté et son courage à affronter une mort cruelle.

Les Hindous contemplaient la marque sacrée de Brahma, empreinte sur le front d'un de ses enfans, et croyaient voir le hérault du dixième Avatar, annonçant la vengeance aux ennemis de leur religion. La victime, toujours dans les mains des bourreaux, Athanase, ne vit que l'infortunée dont il avait causé le malheur, la créature qu'il adorait, sa disciple, sa bien-aimée, la prêtresse de Brahma, la néophyte chrétienne, sa Luxima toujours belle, malgré les souffrances qui avaient altéré ses traits. Un cri de désespoir lui échappa, et, dans son transport, il prononça son nom à haute voix. Luxima, dont les yeux et les mains avaient été jusqu'alors élevés vers le Ciel, tandis qu'elle récitait doucement le *Gayatra*, que prononcent les femmes indiennes au moment où elles s'immolent volontairement; Luxima promena autour d'elle ses regards égarés, et aperçut, à travers les flammes, le Missionnaire qui se débattait contre ses bourreaux; elle jeta un cri perçant, et dit d'une voix qui n'était pas celle d'une mortelle: « Mon bien-aimé, je viens! *Brahma!* reçois et unis nos âmes dans l'éternité »! Elle s'élance sur le bûcher; la flamme qui ne s'était encore élevée que dans l'endroit où elle était, se communique à sa légère draperie; une mort cruelle la menace; la multitude pousse des cris affreux; le Missionnaire s'avance; rien ne peut résister à la force de son bras, surnaturelle en ce moment; il arrache la victime à un sort qu'il n'a point tenté lui-même d'éviter; il la presse contre son cœur; dans ses étreintes, il éteint la flamme qui consume sa robe; et d'un air majestueux et triomphant, il promène ses regards sur ceux qui l'environnent. Les officiers de l'inquisition, sur l'ordre de leurs supérieurs qui sont descendus de l'amphithéâtre, s'avancent pour le saisir : la multitude garde un moment ce silence qui précède l'orage. Luxima s'attache à son libérateur; le Missionnaire résiste à tous les efforts de ceux qui veulent la lui enlever. La main du fanatisme, impatiente d'atteindre sa victime, dirige un poignard contre le cœur d'Athanase; le coup frappe le sein de Luxima; elle jette un cri, elle invoque « *Brahma* » ! *Brahma* ! *Brahma* ! est répété de tous côtés. Des sentimens, long-temps comprimés, éclatent à-la-fois;

les esprits timides des Hindous, réveillés par un évènement qui touchait leur cœur, sortent de leur léthargie, et se portent à tous les excès du désespoir. Ils ont sous les yeux toutes leurs longues souffrances dans celles de leur illustre prophétesse; ils sont persuadés que leur Dieu leur parle par sa bouche; et ils se précipitent, avec d'horribles clameurs, pour délivrer la prêtresse, et venger la cause de leur religion et de leur liberté; ils se jettent avec fureur sur les Chrétiens et sur les lâches soldats de l'inquisition, qui, se débarrassant de leurs armes, prennent la fuite.

Leur enthousiasme religieux, enflammant en eux toutes les passions humaines, leur fureur s'accroît à chaque instant, et elle est sanctifiée à leurs yeux par loin zèle superstitieux. Les uns saisissent les armes abandonnées par les fuyards; d'autres cherchent dans l'incendie, des moyens plus prompts de destruction; le bûcher est dispersé, ils en saisissent les brandons, et mettent le feu aux légers matériaux dont sont construits les amphithéâtres et les varangues des maisons; et bientôt les flammes s'élèvent de tous côtés. La garnison espagnole accourt contre les révoltés; les troupes composées de natifs du pays, se joignent au même instant à leurs compatriotes; le combat devient général, le carnage est affreux; les Espagnols se battent comme des mercenaires, avec sang-froid et intelligence; les Indiens avec acharnement, pour leur religion et leur liberté: la victoire reste longtemps incertaine; enfin elle se déclare pour les Chrétiens; mais elle leur coûte des pertes, qui la rendent, pour ainsi dire, équivalente à une défaite.

CONCLUSION.

Le Pundit de Lahore était mêlé dans la foule qui remplissait l'église de Saint-Dominique, durant la cérémonie de *l'auto da-fé*, et il entendit avec horreur prononcer la sentence de mort contre le Missionnaire chrétien. Se considérant comme la cause première de son funeste sort, il fut touché de compassion et déchiré de remords. Certain que les Indiens étaient disposés à la révolte, il se résolut à les exciter à un soulèvement, pour délivrer leurs compatriotes sur la place de l'exécution. Il savait qu'ils étaient prompts à recevoir les impressions qui frappaient leurs sens, et avaient quelque rapport avec leurs préjugés religieux; et quand il les vit, suivant dans un morne silence la procession qui marchait lentement vers le lieu où allaient être exécutés deux de leurs compatriotes, qu'ils supposaient, d'après leur abjuration de la religion chrétienne, avoir été séduits, par artifice, de leur ancienne foi, ses espérances s'accrurent; il courut de tous côtés, émouvant la pitié des uns, excitant la fureur des autres, et les poussant tous à se soulever contre leurs oppresseurs; mais il dut le succès de ses efforts hazardeux à une circonstance imprévue.

De la maladie qui avait attaqué Luxima, il ne lui restait qu'un peu de délire;

sa santé était rétablie, mais son esprit était dérangé. Elle était atteinte de cette espèce de folie, la plus touchante de toutes, qui provient de la mélancolie d'une âme profondément attristée; elle ne versait point de larmes, elle ne poussait pas un soupir; assise, immobile, elle récitait à voix basse, tantôt une hymne brahminique, tantôt une prière chrétienne; quelquefois elle parlait de son grand-père, et quelquefois de l'objet de son amour; ses yeux se portaient alternativement sur son rosaire indien, qu'elle avait reçu du premier, et sur la croix que le second lui avait donnée.

Le jour de l'*auto-da-fé*, elle était assise, suivant sa coutume, depuis sa convalescence, près de la fenêtre de son petit appartement, derrière un rideau de gaze; elle vit passer la procession d'un œil distrait, jusqu'au moment où un objet qui frappa sa vue, fit pénétrer la lumière à travers les ténèbres de son esprit; elle reconnut le bien-aimé de son âme; l'amour et la raison lui revinrent à-la-fois; elle sentit, elle pensa, elle agit, et, quel que fût le sort de cet être si cher, elle se résolut à le partager. Elle était seule, sa porte n'était point fermée; elle sortit sans être aperçue, et traversa comme un trait le petit vestibule qui donnait sur la rue; déjà la procession avait tourné dans une rue adjacente; mais la première était encore si remplie de monde, que Luxima ne fut point remarquée dans la foule. Épouvantée, égarée, elle se jeta dans une avenue qui conduisait à la mer, soit que la solitude de cette avenue eût déterminé son choix, soit que sa raison fût encore troublée. Ne sachant où elle portait ses pas, le hazard seul la conduisit sur la place de l'exécution. Elle vit la fumée du bûcher, qui s'élevait au-dessus des têtes de la multitude, et tout ce qui s'offrit à ses regards, lui présenta un spectacle semblable à celui du sacrifice volontaire des femmes de Brahmines. Son imagination en fut si frappée, que l'illusion devint complète; elle crut que l'heure de son propre sacrifice était arrivée, et qu'elle était au moment de se réunir, dans le Ciel, à celui qu'elle avait uniquement aimé sur la terre; et quand elle entendit son nom prononcé par une voix qui lui était si connue, elle s'élança sur le bûcher, avec tout l'enthousiasme de l'amour et de la dévotion. L'effet que produisit cet évènement extraordinaire, fut tel qu'on pouvait s'y attendre dans la disposition où se trouvaient les esprits de la plupart de ceux qui en furent témoins. Durant le tumulte, le Pundit ne perdit pas de vue le Missionnaire, qui, portant toujours Luxima dans ses bras, se faisait jour à travers le carnage; il le joignit, le saisit par le bras, et l'entraîna, au milieu de cette confusion, vers un endroit du rivage où flottait un petit canot, que la marée avait poussé de ce côté; il le fit entrer dans ce canot, l'aida à y placer Luxima; et, lui mettant en mains les avirons, il le poussa au large, et retourna lui-même sur le champ de bataille.

Le Missionnaire, blessé au bras droit, avait peine à gouverner sa barque; cependant, par instinct, il faisait mouvoir les avirons, et s'éloignait de la terre, sans avoir aucun but déterminé; ses pensées étaient égarées, et ses sentimens tumultueux; il était étourdi de la rapidité des évènemens extraordinaires qui venaient de se succéder. Il voyait le rivage dont il s'éloignait, couvert de fumée; il voyait s'élever au Ciel, ces flammes qui avaient dû le consumer; il entendait les décharges de mousqueterie et les cris affreux du carnage; mais l'Océan était calme: l'horizon était encore éclairé d'une douce lumière, et, peu-à-peu, les horreurs auxquelles il avait échappé, disparaissaient à sa vue, et ne frappaient plus son oreille. Il se dirigea sur cette péninsule de roc, qui est couronnée par la forteresse d'Alguarda; il reconnut le pavillon rouge de l'inquisition, flottant sur les remparts; il vit une petite bande de soldats qui descendaient du fort, pour se rendre à une batterie placée à l'extrémité de la péninsule, et qui défend l'entrée de la baie. Dans ce lieu, tout écarté qu'il fût, il n'y avait pour lui, ni asile, ni sûreté; il changea de route, et reprit le large : la nuit commençait à répandre ses ombres, et déjà la petite barque ne pouvait plus être aperçue du rivage. Athanase quitta les avirons, il souleva Luxima dans ses bras, et l'œil de l'Indienne rencontra le sien; elle lui sourit d'un air languissant; il la pressa contre son cœur, et, dans ce moment, la vie, la mort, tout fut oublié. Mais Luxima ne répondit point à cet embrassement; elle s'était évanouie; et lorsqu'il rejeta ses cheveux en arrière, pour donner de l'air à son visage, il s'aperçut qu'ils étaient teints de sang. C'est alors seulement qu'il reconnut que le poignard dirigé contre lui avait percé le sein de Luxima. Désespéré, il essaya de faire un bandage à la blessure, avec un morceau du scapulaire qui faisait partie de son vêtement de mort; il parvint à arrêter le sang; mais il ne put faire reprendre connaissance à Luxima. Consterné, il promena ses regards autour de lui, cherchant en vain du secours; il la prit dans ses bras, et, les yeux fixés sur la profonde mer, il résolut de chercher dans son sein, avec sa bien-aimée, un repos éternel. Il s'avança sur le bord du canot: « Pourquoi, se dit-il, ferais-je encore de vains efforts pour prolonger de quelques heures une existence misérable? De quelque côté que nous allions, nous ne pouvons échapper à la mort, mais nous pouvons du-moins en diminuer les horreurs.... Grand Dieu! suis-je donc réduit à ajouter à la somme de mes faiblesses et de mes péchés, le crime du suicide et celui du meurtre»? Il fixa des regards passionnés sur Luxima, et il ajouta: «Te détruire, ma bien-aimée, tandis que je sens encore le mouvement de la vie, dans ce cœur qui a si long-temps battu pour moi uniquement!... Ah! non; la Providence qui nous a sauvés miraculeusement, étendra peut-être encore sur nous ses soins bienfaisans». Il coucha doucement Luxima dans le fond du canot, et, jetant les yeux autour de lui, il aperçut à la clarté de la lune, qui parais-sait en ce moment sur l'horizon, une pointe de la côte, hérissée de rochers, qui s'avançait au loin dans la mer. Il re-prit ses avirons, et, guidé par la lumière du Ciel, il réunit toutes ses forces, et se dirigea de ce côté. Il eut bientôt atteint ces rochers, où il découvrit une grotte qui semblait s'ouvrir pour leur offrir un abri.

Le Pundit de Lahore fut du petit nom-bre de ceux qui échappèrent au carnage, que lui-même avait excité. Poursuivi par un soldat, il prit sa course vers le ri-vage; et comme il connaissait parfaite-ment la côte, tous les rochers et leurs défilés, il échappa à la vigilance des Espagnols, et parvint à une caverne, qui lui parut un asile sûr, jusqu'à ce qu'il eût repris des forces pour continuer sa marche. Son projet était de gagner un port, où quelque bâtiment du Bengale pourrait le recevoir, et le porter dans une autre partie de l'Inde. En se présentant à l'entrée de la caverne, il en examina d'abord de l'œil l'intérieur avec précaution; et, à la clarté de la lune, il reconnut qu'elle était déjà occupée. Le *nonce apostolique* de l'Inde, à genoux, soutenait sur son sein la *prêtresse de Cachemire*, mourante. Le Pundit les reconnaissant à l'instant, s'avança en s'écriant : « Ne craignez rien, prenez courage, tout espoir n'est pas perdu; ici nous sommes en sûreté; et quand nous serons en état de nous remettre en chemin, il nous sera facile de gagner un petit port qui n'est pas éloigné; nous y trouverons un bâtiment du Bengale, qui nous portera dans une partie de l'Inde, où le pouvoir des Espagnols et celui de l'inquisition ne pourront nous atteindre ».

La présence et les paroles du Pundit ranimèrent le Missionnaire; une lueur d'espérance rentra dans son âme abattue; il pressa le Pundit de lui chercher, dans les rochers, un peu d'eau fraîche, seul secours qu'on pût, dans ce lieu sauvage, procurer à la malheureuse Indienne. Le Pundit fit d'abord choix sur le rivage, d'une large coquille qui pût contenir de l'eau, et courut en chercher; et le Missionnaire demeura en contemplation de Luxima, qui était toujours sans mouvement dans ses bras. La présence du Pundit avait rappelé tout-à-coup à sa mémoire la première scène de sa mission; et remis sous ses yeux la jeune prêtresse de l'amour mystique, portée en triomphe, et recevant les hommages de tout un peuple; mais ses yeux se reportant sur une créature mourante dans ses bras, la brillante vision de son imagination s'évanouit, ne laissant aucune trace: car le tableau qui s'offrait à ses regards, était tel que le *génie* du désespoir pourrait à-peine le peindre, en employant ses plus sombres couleurs.

Au milieu des rochers, dans une caverne solitaire, faiblement éclairée des rayons de la lune, et dont l'écho répétait le mugissement des vagues de la mer, était maintenant étendue cette Luxima qui, autrefois, semblable à ce paradis terrestre où elle était née, paraissait avoir été créée pour la félicité, pour aimer et pour charmer. Ces yeux, où l'enthousiasme de la dévotion et celui de la tendresse confondaient leur éclat et leur douceur, étaient éteints. Ce sein, où l'amour semblait avoir placé son trône sous le voile d'une vestale, était inondé du sang qui coulait encore de veines presque épuisées. Sans mouvement, respirant avec effort, elle n'avait plus de faculté, que celle de souffrir; de sensibilité que pour la douleur. Il l'avait trouvée comme une brillante planète, remplissant des rayons de sa gloire, toute une sphère d'harmonie et de paisible bonheur; elle avait quitté pour lui cette sphère, et sa lumière était au moment de s'éteindre pour toujours.

Quand le Pundit fut de retour, il humecta d'eau fraîche les lèvres de Luxima, et frotta ses tempes avec des herbes aromatiques qui croissaient dans les fentes des rochers. Le Missionnaire, en voyant en elle quelques signes de retour à la vie, se livra aux mouvemens d'une espérance inquiète, plus pénible encore, peut-être, que le désespoir où il avait été réduit; il pressa de sa bouche, dans les bras de la mort, ces lèvres que, dans la vie, il n'aurait osé toucher qu'au risque de sa damnation éternelle. Son âme cherchait à se réunir à cette âme si pure, qui semblait devoir s'échapper avec chaque soupir; et son cœur adressait au Ciel, en silence, des prières, pour que toutes deux pussent paraître ensemble devant le trône de Dieu, et implorer sa clémence. Luxima, revenue un moment à la vie, leva ses yeux sur ceux du Missionnaire, qui, pleins d'amour et de douleur, étaient fixés sur elle, et son triste sourire exprima toute l'ardeur d'une âme, dont les tendres et impérissables sentimens triomphaient des souffrances et de la mort.

« Luxima »! s'écria le Missionnaire dans un transport de douleur, et la pressant contre un cœur qu'une faible espérance ranimait un peu, « Luxima! ma bien-aimée! ne veux-tu pas lutter contre la mort? Ne me sauveras-tu pas de l'horreur de savoir que c'est moi qui ai causé ta fin, et que ce qui me reste d'une existence misérable, a été acheté au prix de la tienne: Ah! si l'amour qui t'a conduite à la mort, peut te rappeler et t'attacher à la vie, vis, quand même tu devrais vivre pour ma ruine ». Une légère rougeur colora les joues de l'Indienne, son sourire s'éclaircit, en se serrant avec plus de force contre le sein qui répondait aux palpitations du sien.

« Oui », s'écria le Missionnaire en répondant à l'éloquence de ses regards tendres et languissans, « Oui, trop chère et trop infortunée Luxima, notre destinée nous unit inséparablement! Ensemble nous avons aimé, nous avons résisté; ensemble nous avons erré; ensemble nous avons souffert; tous deux nous avons perdu cette gloire et cette renommée que nous avaient acquises nos vertus et le triomphe sur nos passions. Tous deux nous sommes condamnés par notre religion et par notre patrie; il ne nous reste plus rien sur *terre*, et nous seuls demeurons l'un à l'autre! Déjà nous avons eu toutes les horreurs de la mort, sans en obtenir le repos, et ma vie, pour laquelle tu as offert le prix inestimable de la tienne, *n'appartient plus à-présent qu'à toi* ».

Luxima se souleva dans ses bras, prit ses mains, fixa sur lui ses yeux mourans, et, d'une voix faible et tremblante, elle articula avec peine: « *Mon Père* »; mais épuisée de cet effort, elle retomba muette sur son sein. A ce son plaintif, à ce nom touchant, qui avait si souvent charmé son oreille, le Missionnaire tressaillit, et le sang se glaça dans son cœur défaillant; il entendait encore la voix de sa prosélyte, telle qu'il l'avait entendue sous les ombrages de Cachemire, quand, pur et exempt de toute faiblesse humaine, il ne s'adressait à elle que dans le langage tout spirituel de sa sainte mission, et lorsqu'elle-même, ignorant la passion, ouvrait son âme innocente à la vérité sacrée dont il avait déserté la cause : la religion qu'il avait offensée, les principes, les sentimens qu'il avait abandonnés, se présentèrent à son esprit dans ce redoutable moment; la voix de la conscience se fit entendre, et il fut tourmenté par le remords; il voulut racheter tout ce qui était encore rachetable de sa faute, il rappela son âme égarée aux devoirs d'un ministre du Ciel; il chassa loin de lui les coupables pensées et les sentimens passionnés; il s'efforça de détourner son attention de la femme périssable, pour ne s'occuper que du salut de l'âme immortelle; mais quand il reporta ses yeux sur l'Indienne, il vit qu'elle avait les siens fixés sur le rosaire de sa croyance idolâtre, et qu'elle le pressait de ses lèvres tremblantes, tandis que le crucifix suspendu sur son sein, était couvert du sang qu'elle avait répandu pour défendre son bien-aimé.

Cette touchante combinaison d'images si opposées, mais si éloquentes dans leur réunion singulière et en même-temps naturelle, agit sur son cœur avec une force qui confondit sa raison et son zèle;

et les paroles que la religion lui avait inspirées, se perdirent sur ses lèvres en sons inarticulés. Frémissant d'horreur, ému par la pitié, par la reconnaissance et l'amour; se tordant les mains, et le front couvert d'une sueur froide, il s'écria dans son désespoir : « Luxima! Luxima! serons-nous donc *éternellement séparés* »?

Luxima ne lui répondit que par un regard d'amour, dont la tendre expression se perdit un instant après dans les convulsions de la douleur. Affaiblie par ces soudaines angoisses, elle tomba dans la torpeur de la mort; cependant ses yeux étaient encore fixés avec ardeur sur l'objet de ses mourantes pensées, et son regard semblait être le dernier regard de la vie et de l'amour, qui, inséparablement unis, allaient expirer ensemble. « Luxima » ! s'écria le Missionnaire d'un air égaré, « tu ne mourras point ! Tu ne voudras pas me laisser seul en ce monde, pour porter sur ma tête ton sang innocent, et dans mon cœur l'insupportable souvenir de ta perte !..... Pour consumer ma vie dans la honte et la désolation..... Mes espérances ensevelies avec toi dans la tombe, mes chagrins solitaires, et mes douleurs aiguës et éternelles ! Oh ! non, fatale créature, seule cause de tout ce que j'ai jamais connu de félicité ou de souffrances, de ravissement ou de désespoir, tu m'as enchaîné à toi par des liens scellés de ton sang et indissolubles ! Et si ton heure est venue, la mienne l'est aussi : car, triomphant de la destinée qui voulait nous séparer, nous mourrons comme nous n'avons osé *vivre*..... ensemble »!

Épuisé par de si vives émotions, affaibli par ses tendres sentimens, par sa douleur, par ses souffrances physiques; accablé par ce continuel combat entre le penchant naturel et la force de l'opinion, il tomba contre terre, et y demeura dans l'anéantissement: Luxima, soutenue par le Pundit compatissant, sembla reprendre des forces par la faiblesse de son malheureux ami, et s'arracher des bras de la mort, pour le rappeler à la vie. S'efforçant de soutenir la tête d'Athanase dans ses bras affaiblis, et pressant de sa joue glacée, celle du Missionnaire, elle lui adressa, pour le ranimer, des paroles d'espérance et de consolation. Au son de sa voix plaintive, au toucher de son visage, le sang reprit son cours dans les veines d'Athanase, et une faible sensation de plaisir ébranla ses nerfs; il souleva sa tête, et fixa sur Luxima un de ces regards pleins d'une tendresse passionnée, tempérés par la crainte, et obscurcis par le remords, qu'autrefois, dans des jours plus heureux, il avait si souvent attachés sur cette figure enchanteresse, qui s'était placée entre le Ciel et lui.

Luxima ne comprit que trop ce regard, qui, tant de fois, avait excité en elle des émotions, que l'approche même de la mort ne pouvait anéantir; et avec ce retour trompeur de force, qui annonce la dissolution prochaine, elle s'écria : « Ame de ma vie ! le Dieu que tu adores t'a sans doute sauvé d'une mort affreuse, pour que tu vécusses encore pour les autres ; et il te commande de supporter le pénible fardeau de l'existence. Mais si tu ne veux vivre *pour les autres*, vis du-moins pour *Luxima !* et que ta bienfaisance envers sa nation expie les fautes dont elle s'est rendue coupable pour l'amour de toi ! Tes frères n'oseront t'arracher une vie que Dieu lui-même a miraculeusement sauvée; et quand je ne serai plus, dis, non-seulement aux Brahmines, mais à tes Chrétiens, que l'épée exterminatrice qui a porté le carnage parmi les sectateurs de ta loi et de la mienne, doit pour toujours rentrer dans le fourreau ! Tu paraîtras au milieu d'eux comme un ange de paix, enseignant la miséricorde et l'amour. Tu leur feras abjurer, peu-à-peu, par de tendres paroles et des actes de bienfaisance, ce préjugé barbare qui sépare le timide et patient Hindou du reste de son espèce; tu réprimeras le zèle du Chrétien, tu lui feras observer les préceptes sacrés du Dieu qu'il sert, et qui, long-temps avant l'ère chrétienne, avait accordé son indulgence aux erreurs des Hindous, et prodigué à ce peuple tous ces biens qui ont attiré les Chrétiens vers nos contrées fortunées. Mais si ton éloquence, si ton exemple étaient vains, conte-leur mon histoire! Dis-leur ce que j'ai souffert, et dis-leur aussi tes fautes: toi pour qui j'ai perdu ma caste, ma patrie et la vie: car il est vrai que *plus ai-*

mante qu'éclairée, mon esprit s'attachait à son ancienne croyance, et mon *cœur* à toi; je vivais en apparence ta prosélyte, afin de pouvoir vivre *avec toi* et *pour toi;* aujourd'hui je meurs ainsi que doit mourir une Brahmine, dans la foi et les sentimens d'une Hindoue; je meurs pour celui que j'aimais, et avec la croyance de mes pères ».

Épuisée, faible, elle laissa retomber sa tête sur son sein; et le Missionnaire, pénétré d'horreur, également déchiré par les sentimens humains et religieux, demeura immobile et muet. Le Pundit, répandant des larmes de compassion sur les mains glacées qu'il tâchait de réchauffer, humecta d'un peu d'eau les lèvres desséchées de la mourante Indienne, dont le visage était en ce moment éclairé par la lune. Un peu ranimée par ces soins, elle tourna vers le Pundit ses yeux languissans, avec l'expression de la gratitude; elle le reconnut peu-à-peu, et un faible incarnat colora la pâleur de ses joues; elle le considéra durant quelques instans; des larmes, les dernières qu'elle dût répandre, coulèrent de ses yeux à demi-fermés; et quoique les sources de la vie fussent presque épuisées, elle se ranima au souvenir de son pays; de ses parens, de ses amis, que réveillait la présence d'un compatriote attendri. Puis, après une convulsion causée par le combat de la vie contre la mort qui la couvrait déjà de ses ombres, elle dit d'une voix qu'on entendait à-peine, et avec beaucoup d'émotion : « Je te dois beaucoup, que je te doive encore plus : tu vois devant toi Luxima, la prêtresse et la Brachmachira de Cachemire; et peut-être tu as été envoyé par la Providence pour recevoir ses dernières paroles, et pour rendre à son peuple témoignage de son innocence ; quand tu retourneras dans le paradis qui l'a vue naître, tu leur diras : *qu'elle a cueilli une fleur, tachée de noir, dans le jardin de l'amour*, et qu'elle expie son erreur par la perte de sa vie ; tu leur diras que sa désobéissance aux préceptes de sa religion et aux lois de son pays, a été punie par des jours de douleur et une mort prématurée; mais que son *âme* a toujours été aussi pure, aussi exempte de péchés, qu'au temps où, dans l'éclat de sa gloire, elle surpassait en foi et en vertu toutes les femmes de sa nation ».

Ce souvenir de sa gloire passée rendit un moment de vivacité au coloris de son teint, et le feu du triomphe étincela encore dans ses yeux presque éteints : après un instant de silence, elle fixa ses regards sur l'image de son Dieu tutélaire qu'elle tenait en sa main. Cette idole, qui avait la forme d'un bel enfant, était l'emblême de cet amour mystique auquel elle s'était dévouée. Elle la porta à ses lèvres, et la pressa contre son cœur ; et la présentant au Cachemirien, elle ajouta : « Prends ceci, reporte-le à celui de qui je l'ai reçu le jour de ma consécration, dans le temple de Seri-Nagar! à cet ayeul vénérable et cher que j'ai abandonné! S'il a survécu à la honte de celle qui fut son enfant et sa disciple; s'il daigne encore reconnaître pour sa petite-fille, la malheureuse qu'il a maudite, la chancalas que..... ». La parole expira sur ses lèvres tremblantes. « Brahma » ! dit-elle d'une voix faible, « Brahma » ! et saisissant la main du Missionnaire, elle porta ses regards alternativement sur lui et vers le Ciel. Mais Athanase ne répondit pas à ce dernier regard de vie et d'amour. Incapable de soutenir l'excès de sa douleur, il avait perdu connaissance; et l'Indienne, croyant que son âme l'avait précédée dans les régions d'une éternelle paix, où elle l'attendait pour la recevoir, pencha sa tête, et expira dans cette douce illusion, le sourire de l'amour sur les lèvres, et les yeux rayonnans d'une joie religieuse, au moment où ils se fermaient pour toujours.

Trois jours après celui où l'insurrection avait eu lieu, un des détachemens envoyés à la poursuite des fugitifs, entra dans la caverne qui leur avait servi de retraite; mais il n'y trouva qu'un monceau de plantes aromatiques, en partie réduites en cendres; on reconnaissait qu'elles avaient été prises çà et là, dans les fentes des rochers, et qu'elles étaient de celles dont les Hindous font usage, pour brûler le corps de leurs parens et de leurs amis. Le détachement continua donc ses recherches le long de la côte. Mais toutes celles qu'on fit durant long-temps dans tous les environs de Goa, furent vaines ; *jamais on ne put apprendre ce qu'était devenu le nonce apostolique de l'Inde.*

Le temps poursuivit sa course. L'ordre majestueux de l'univers, sa constante harmonie, contrastèrent avec les vicissitudes rapides des évènemens de ce bas-monde, et les innombrables changemens des institutions humaines. Dans le court espace de vingt années, les puissans avaient été abattus et les humbles élevés.

Le joug avait passé de la tête de l'opprimé sur celle de l'oppresseur; l'esclave avait saisi le sceptre, et le tyran était dans les fers. Le Portugal, reprenant son indépendance, portait ses étendards triomphans jusque sur les rivages les plus reculés de l'Océan de l'Inde; et, sans alliés, fort de son unanimité, il résistait, par sa seule énergie, au pouvoir d'un grand État, aux intrigues d'un cabinet astucieux, et aux armes d'un heureux potentat. Tandis que la liberté déployait sa blanche bannière sur un coin de l'Occident, elle était abattue et chargée de chaînes aux pieds de la tyrannie victorieuse dans l'Orient. Aureng-Zeyb était monté au trône de l'Inde à travers le carnage et la destruction; il avait saisi un sceptre teint du sang de son frère, et portait un diadême arraché du front de son père ! Digne de représenter la plus puissante et la plus despotique dynastie de la terre, son génie et sa fortune ressemblaient aux contrées qu'il gouvernait, où la sublimité et la destruction, la splendeur et le péril se trouvent réunis, et qui confondent les extrêmes du bien et du mal. Guidé par l'amour du plaisir ou par sa curiosité naturelle, il résolut de visiter la plus éloignée et la plus délicieuse province de son empire, où ses ancêtres allaient souvent goûter le repos, après les fatigues de la guerre et les soins du gouvernement ; et où, vingt ans auparavant, son héroïque et infortuné neveu, Soliman Shéko, avait cherché un asile et des ressources contre son pouvoir croissant. Il partit de Dehli, pour se rendre dans le Cachemire, durant un intervalle de paix et de prospérité générale, et il étala, dans ce voyage, toute la pompeuse magnificence de l'Orient historique.

Dans sa suite nombreuse et composée de gens de toute espèce, il y avait un philosophe européen, qui, honoré de la protection et de la faveur de l'empereur, avait profité de cette occasion pour satisfaire son goût pour les sciences et l'observation, en visitant un pays qui, plus célèbre que connu, n'avait jamais attiré l'attention du génie ou l'œil de l'observateur éclairé. Il trouva que la beauté naturelle de la vallée de Cachemire surpassait encore ce qu'il en avait appris des chants des Bardes indiens; et ses productions minérales, ses plantes variées, lui parurent dignes de l'étude du naturaliste. Dans un lieu qu'on peut appeler la région des phénomènes de la nature, il trouva plus d'un objet auquel s'attachait aussi un intérêt moral. Cependant, un seul objet lui inspira particulièrement l'*intérêt du sentiment*. C'était une caverne de spath, située dans les montagnes de Seri-Nagar, et que les natifs de la vallée appelaient *la grotte des congélations* *. Ils la

* Bernier, dans sa narration intéressante du voyage qu'il fit en Cachemire, à la suite d'Aureng-Zeyb, exprime ses regrets de n'avoir pu visiter la grotte des congélations, dont les habitans de la vallée lui racontaient des choses merveilleuses.

faisaient voir aux étrangers comme une grotte construite par art magique, et qui avait été, durant un grand nombre d'années, habitée par un solitaire, par un étranger qui avait apparu subitement au milieu d'eux ; il se montrait rarement, parlait plus rarement encore, et menait une vie innocente, se tenant lui-même à l'écart autant qu'on l'évitait ; et il avait vécu ainsi paisiblement, n'inspirant aucun intérêt, mais exempt de persécution. « C'était, disaient-ils, un homme sauvage et mélancolique, dont on ignorait la religion, mais qui priait, près du confluent des rivières, au lever et au coucher du soleil ; il vivait des productions de la terre, ne demandait de secours à personne, et évitait la société ; il consuma ainsi lentement sa vie, et s'éteignit ».

Un *goala*, ou berger indien, qui ne l'avait pas vu, depuis plusieurs jours, paraître à l'endroit ordinaire de ses dévotions du matin, fut conduit à sa grotte par la curiosité ou par la compassion; il le trouva mort au pied de l'autel qu'il avait élevé lui-même à la divinité de son culte secret, et son attitude montrait qu'il avait expiré étant en prière. Près de lui était une petite urne faite des congélations de la grotte; en l'ouvrant, on n'y trouva qu'un peu de cendres, une croix teinte de sang, et le dsandliem d'une Brahmine indienne; sur la surface brillante de l'urne, on lisait des caractères qui formaient le nom de *Luxima*. C'était le nom d'une femme expulsée de sa caste, et, depuis long-temps, condamné à l'oubli par le crime de celle qui l'avait porté. Les Indiens frémissaient en le prononçant; et les habitans des environs croyaient généralement que le solitaire qui avait vécu tant d'années inconnu parmi eux, était le même qui, long-temps auparavant, avait séduit, de l'autel du Dieu qu'elle servait, la plus célèbre de leurs femmes religieuses, quand il avait visité leur délicieuse vallée, en qualité de *Missionnaire chrétien*.

FIN DU TOME TROISIÈME ET DERNIER.

www.ingramcontent.com/pod-product-compliance
Lightning Source LLC
LaVergne TN
LVHW010601110826
845149LV00003B/724

* 9 7 8 2 0 1 4 4 7 7 1 0 8 *